CHESTER HIMES (1909-1984) nasceu no Missouri, Estados Unidos, em uma família de classe média. Cursou brevemente a Ohio State University, de onde foi expulso. Tornou-se escritor enquanto cumpria pena por roubo à mão armada: começou publicando histórias em revistas. Seu primeiro romance, *If He Hollers, Let Him Go* (1945), já tem o racismo como tema central. Ignorado em seu país e celebrado no exterior, Himes exilou-se em Paris na década de 1950. Depois de outros quatro livros, publicou, em 1957, *For Love of Imabelle* (*A maldição do dinheiro*), o primeiro de nove *thrillers* passados no Harlem e que têm os detetives negros Jones Coveiro e Ed Caixão como protagonistas. O romance foi adaptado ao cinema em 1991, sob o nome de *Perigosamente Harlem*, com Forest Whitaker no papel de Jackson, quando o livro foi relançado nos Estados Unidos como *A Rage in Harlem*. Do autor, a L&PM já publicou *O Harlem é escuro* (L&PM Pocket, 2006) e *A maldição do dinheiro* (L&PM Editores, 2007).

Leia também:

Atire no pianista – David Goodis
O alvo móvel – Ross Macdonald
A dama do lago – Raymond Chandler
O Harlem é escuro – Chester Himes
Janela para a morte – Raymond Chandler
O longo adeus – Raymond Chandler
A maldição do dinheiro – Chester Himes
A mulher no escuro – Dashiell Hammett
A piscina mortal – Ross Macdonald
Tiros na noite (volume 1) A mulher do bandido – Dashiell Hammett
Tiros na noite (volume 2) Medo de tiro – Dashiell Hammett

CHESTER HIMES

A LOUCA MATANÇA

Tradução de Pedro Gonzaga

www.lpm.com.br

Coleção **L&PM** Pocket, vol. 623

Primeira edição na Coleção **L&PM** Pocket: junho de 2007

Título original: *The Crazy Kill*

Tradução: Pedro Gonzaga
Capa: Ivan Pinheiro Machado
Revisão: Renato Deitos, Bianca Pasqualini e Jó Saldanha

CIP-Brasil. Catalogação-na-fonte
Sindicato Nacional dos Editores de Livros, RJ

H551L

Himes, Chester B., 1909-1984
    A louca matança / Chester Himes ; tradução de Pedro Gonzaga.
– Porto Alegre, RS : L&PM, 2007.
    224p. – (L&PM Pocket ; v.623)

Tradução de: *The Crazy Kill*
ISBN 978-85-254-1511-0

    1. Ficção policial americana. I. Gonzaga, Pedro. II. Título.
III. Série.

07-1031.   CDD: 813
                                CDU: 821.111.(73)-3

© 1959 by Chester Himes

Todos os direitos desta edição reservados a L&PM Editores
PORTO ALEGRE: Rua Comendador Coruja 314, loja 9 - 90220-180
                Floresta - RS / Fone: 51.3225.5777
PEDIDOS & DEPTO. COMERCIAL: vendas@lpm.com.br
FALE CONOSCO: info@lpm.com.br
www.lpm.com.br

Impresso no Brasil
Inverno de 2007

1

Eram quatro da manhã de uma quarta-feira, 14 de julho, no Harlem, Estados Unidos. A Seventh Avenue estava tão escura e solitária quanto covas assombradas.

Um homem de cor roubava um saco de dinheiro.

Era um pequeno saco de lona branca, a boca fechada por uma corda. Estava sobre o banco da frente de um Plymouth sedã, estacionado em fila dupla na Seventh Avenue, em frente à A&P, uma mercearia no meio da quadra, entre a 131st e a 132nd Street.

O Plymouth pertencia ao gerente da A&P. O saco continha dinheiro miúdo para ser usado na hora do troco. O meio-fio estava completamente tomado por carrões brilhantes e o gerente estacionara em fila dupla, pois só tinha que abrir a loja e colocar o dinheiro no cofre. O gerente não queria se arriscar a caminhar uma quadra no Harlem com um saco de dinheiro nas mãos àquela hora da manhã.

Sempre havia um policial de cor, de serviço, em frente à loja quando o gerente chegava. O policial ficava de guarda junto às caixas e aos engradados de comida enlatada, artigos variados e vegetais que o caminhão de entrega da A&P descarregava na calçada, até que o gerente chegasse.

O gerente, contudo, era um homem branco. Não confiava nas ruas do Harlem, mesmo com um policial de guarda.

A desconfiança do gerente estava para se justificar.

Enquanto ele estava na porta da frente, tirando a chave de seu bolso, com o policial de cor a acompanhá-lo, o ladrão se esgueirou entre a fila de carros estacionados, enfiou seu braço negro e nu pela janela aberta do Plymouth e, silenciosamente, puxou o saco com a grana.

O gerente olhou casualmente sobre o ombro no exato instante em que a figura curva do ladrão, se arrastando pela rua, desaparecia atrás de outro carro estacionado.

– Pare, ladrão! – gritou, assumindo, imediatamente, que o homem era o ladrão.

Antes que as palavras saíssem claras de sua boca, o ladrão disparava a toda velocidade. Vestia uma camiseta verde esfarrapada, jeans desbotados e tênis de lona escurecidos pela sujeira, o que, somado à cor de sua pele, confundia-se com o negrume do asfalto, fazendo com que fosse difícil distingui-lo.

– Para onde ele foi? – perguntou o policial.

– Lá vai ele! – disse uma voz vinda de cima.

Tanto o gerente quanto o policial ouviram a voz, mas nenhum dos dois olhou para cima. Eles tinham visto uma mancha negra dobrar rente à esquina da 132nd Street, e ambos saíram em seu encalço simultaneamente.

A voz viera de um homem parado junto a uma janela iluminada no terceiro andar, a única iluminada num bloco de edifícios de cinco e seis andares.

Por detrás dos contornos da silhueta do homem vinha o som abafado de uma *jam session* que prosseguia efusivamente num setor do apartamento que não se podia ver da rua. O fraseado quente de um sax tenor acompanhava o ritmo dos passos que vinham da calçada, e as notas graves de um enorme piano ecoavam o som estrondoso, ainda que seco e abafado, de um tímpano.

A silhueta diminuía à medida que o homem se debruçava mais e mais para o lado de fora da janela a fim de acompanhar a perseguição. O que antes parecera ser um homem alto e magro aos poucos começou a parecer um anãozinho acocorado. E o homem continuava se esticando ainda mais para o lado de fora. Quando o policial e o gerente da loja dobraram a esquina, o homem estava tão inclinado que sua silhueta tinha pouco mais de meio metro de altura. Debruçava-se sobre a janela da cintura para cima.

Vagarosamente, seus quadris passaram pelo peitoril. Sua bunda se ergueu contra a luz como se fosse uma onda mansa, então também cruzou o peitoril, fazendo com que suas pernas e seus pés lentamente ganhassem o ar. Por um longo momento a silhueta de meio metro, apoiada sobre as duas pernas, ficou suspensa no retângulo de luz amarela. Então, devagar, ela saiu de vista, como um corpo que mergulhasse na água.

O homem caiu em câmera lenta, curvado, o que fez com que desse uma lenta cambalhota no ar.

Caiu cruzando a janela abaixo, que trazia a seguinte mensagem em letras góticas:

ERGA OS OMBROS E VOE ALTO
Lubrifique as engrenagens
com o original UNGÜENTO ADAM
do Pai Cupido
A cura para todos os problemas amorosos

Ao lado das caixas e dos engradados havia uma cesta de vime comprida cheia de pães frescos. Os pães, embrulhados em papel manteiga, estavam dispostos como se fossem fardos de algodão.

O homem aterrissou de costas exatamente em cima do colchão de pães macios, que lhe amorteceram completamente a queda. Fatias de pão voaram por cima dele como se ele tivesse sido envolto pelas espumas de uma onda à medida que seu corpo afundava na cama de pães quentinhos.

Nada se movia. Nem mesmo o tépido ar da manhã.

Acima, a janela iluminada estava vazia. A rua, completamente deserta. O ladrão e seus perseguidores haviam desaparecido na noite do Harlem.

O tempo passou.

Vagarosamente, a superfície da cama de pães começou a ceder. Um pão se ergueu e rolou para fora da cesta, caindo na calçada, como se fosse uma bolha levantando de uma fervura. Outro pão esmagado teve o mesmo destino.

Devagar, o homem começou a emergir do meio da cesta, como um zumbi que se erguesse da cova. Sua cabeça e seus ombros surgiram primeiro. Agarrou-se às bordas da cesta, e suas costas se ergueram. Pôs uma perna para um dos lados e sentiu a superfície da calçada com o pé. A calçada continuava ali. Forçou o pé contra o chão para testar a consistência da calçada. Ela estava firme. Colocou o outro pé para fora e se levantou.

A primeira coisa que fez foi ajeitar seus óculos com aros de ouro no nariz. Depois checou os bolsos da calça para ver se não tinha perdido alguma coisa. Tudo parecia estar lá – chaves, *Bíblia*, canivete, lenço, carteira e uma garrafa de um composto de ervas medicinais que tomava em casos de dispepsia nervosa.

Então, depois de esfregar vigorosamente as roupas para se livrar de possíveis migalhas de pão, deu um bom gole no seu remédio. Tinha um gosto amargo e doce e fortemente alcoólico. Enxugou os lábios com as costas da mão.

Finalmente olhou para cima. A janela iluminada continuava lá, mas, de alguma maneira, estranhamente parecia os portões do paraíso.

2

Deep South* bradava em sua voz rouca e grave: "*Afaste-se, paizinho, aproxime-se de Jesus...***".

Seus dedos negros e carnudos faziam a luz refletir de um modo fantástico nas teclas do grande piano de cauda.

Susie Q. ditava o ritmo nas rufadas de seu tímpano.

Pigmeat*** improvisava em seu sax tenor.

A grande e luxuosa sala de estar do apartamento da Seventh Avenue estava abarrotada de amigos e parentes de Big Joe Pullen, enlutados com sua morte.

Sua viúva, Mamie Pullen, vestida de negro, cuidava para que os convidados não ficassem sem refrescos.

Dulcy, a atual esposa do afilhado do Big Joe, Johnny Perry, circulava pela peça, cumprindo um papel estritamente decorativo, enquanto Alamena, a ex-esposa de Johnny, tentava ser de alguma utilidade.

Doll Baby, uma corista que arrastava a asa para o irmão de Dulcy, estava lá para ver e ser vista.

Chink**** Charlie Dawson, que arrastava a asa para a própria Dulcy, não devia nem ter posto os pés ali.

Os outros estavam pesarosos, graças à bondade de seus corações e ao álcool que lhes corria nas veias, mas também porque era fácil ficar nesse estado naquele calor sufocante.

As irmãs da Igreja dos Sagrados Roladores, tal carpideiras, choravam o morto, borrando seus olhos carregados de maquiagem com lenços negros bordados.

---

* Literalmente, "sul profundo". (N.E.)

** Famoso *spiritual* dos negros americanos. (N.T.)

*** "Carne de porco". (N.E.)

**** Termo pejorativo usado para designar chineses, mas que pode ser aplicado para asiáticos em geral. Em português, algo semelhante a chamar um oriental de "china". (N.E.)

Os garçons do vagão-restaurante enalteciam as virtudes de seu antigo *chef*.

As cafetinas trocavam reminiscências sobre o seu antigo cliente.

Companheiros de carteado apostavam que ele chegaria ao paraíso na primeira tentativa.

Cubos de gelo tilintavam em copos de 200 ml de uísque e *ginger ale*, rum e Coca-Cola, gim puro e água tônica. Todos comiam e bebiam. Era um grande boca-livre.

O ar de um cinza azulado estava grosso como uma sopa de ervilha com fumaça de tabaco, nauseante graças à mistura de perfume barato e lírios de estufa, fedor de suor dos corpos, exalações de álcool, frituras e maus hálitos.

O grande caixão coberto de bronze jazia sobre cavaletes, tendo uma das extremidades apoiada à parede, posicionado entre o piano e o móvel com a televisão, o rádio e o toca-discos. As flores estavam dispostas numa coroa de lírios em forma de ferradura, semelhante à coroa que ganharia o vencedor do Derby do Kentucky.

Mamie Pullen disse à jovem esposa de Johnny Perry:

– Dulcy, quero falar com você.

Seu rosto marrom, que normalmente era plácido, emoldurado por cabelos grisalhos esticados por um coque no topo da cabeça, estava pesadamente contraído pela aflição e pelo medo.

Dulcy parecia contrariada.

– Pelo amor de Deus, tia Mamie, será que a senhora não pode me deixar em paz?

O corpo alto e esguio de Mamie, castigado pelo trabalho e pelo tempo, coberto por uma bata de cetim negro que chegava ao chão, endureceu-se, resoluto.

Sua aparência era a de quem havia vencido todos os temporais e permanecido inteira.

Num impulso, pegou Dulcy pelo braço, arrastou-a até o banheiro e passou a chave na porta.

Do outro lado da sala, Doll Baby estivera acompanhando atentamente o movimento das duas. Afastou-se de Chink Charlie e puxou Alamena para um canto.

– Você viu aquilo?

– O quê?

– A Mamie puxou a Dulcy até o banheiro e trancou a porta.

Alamena olhou para ela com súbita curiosidade.

– E o que tem isso?

– Que segredo tão grande é esse entre as duas?

Doll Baby fechou a cara. Isso desfez a estupidez que era marca registrada de sua expressão. Ela era negra, esguia, a pele escura e bonita. Usava uma roupa justa, um vestido de seda de um laranja berrante, e estava adornada com uma enorme quantidade de jóias, jóias tão pesadas que seriam capazes de levá-la rapidamente para o fundo do mar. Trabalhava como corista no hotel Small's Paradise e parecia pronta para um show.

– É uma atitude bastante estranha numa hora como esta – insistiu. Então perguntou de modo malicioso: – O Johnny vai herdar alguma coisa?

Alamena arqueou suas sobrancelhas. Ela se perguntava se Doll Baby estava dando em cima de Johnny Perry.

– Por que você não pergunta a ele, doçura?

– Não preciso. Posso descobrir com o Val.

Alamena sorriu de modo maldoso.

– Cuidado, garota. Dulcy se preocupa um bocado com as mulheres do irmão dela.

– Aquela cadela! É melhor ela cuidar do próprio nariz. O jeito como ela está se atirando para cima do Chink é escandaloso.

— Parece ser mais do que isso agora que o Big Joe está morto – disse Alamena de modo sério. Uma sombra passou por seu rosto.

Uma vez ela tivera o mesmo corpo que Doll Baby, mas dez anos haviam feito a diferença. Ela ainda era atraente em seu vestido violeta de jérsei de seda com gola rulê, mas seus olhos eram os olhos de uma mulher que havia abandonado o jogo.

— O Val não tem cacife pra enfrentar o Johnny, e o Chink continua pressionando a Dulcy como se não fosse ficar satisfeito até que consiga ser morto.

— Isto é o que eu não consigo entender – disse Doll Baby, o tom de sua voz revelando sua dúvida. – Por que ele está fazendo todo esse circo? A não ser que esteja querendo irritar o Johnny.

Alamena suspirou, passando os dedos involuntariamente pela gola do vestido.

— É melhor alguém lhe dizer que o Johnny já está passando dos limites.

— E quem vai dizer uma coisa dessas para aquele negro amarelo? – perguntou Doll Baby. – Dê só uma olhada nele agora.

As duas se viraram para olhar o grande homem amarelo forçar passagem através da sala abarrotada, como se estivesse furioso com alguma coisa, saindo porta afora, batendo-a às suas costas.

— Ele precisava sair como se estivesse furioso simplesmente porque a Dulcy foi ao banheiro conversar com a Mamie, quando na realidade está tentando dar o fora antes que o Johnny chegue.

— Por que você não vai atrás dele, doçura, só para tirar uma febre – disse Alamena com malícia. – Você segurou a mão dele a noite toda.

— Não estou interessada em alguém que passa o tempo todo pilotando uísques – disse Doll Baby.

Chink trabalhava como *bartender* no Clube da Universidade na East 48th Street. Ganhava um bom dinheiro, saía com os dândis do Harlem e podia arranjar garotas como Doll Baby às dúzias.

– E desde quando você não está interessada? – perguntou Alamena de modo sarcástico. – Desde que ele saiu por aquela porta?

– De qualquer forma, preciso achar o Val – disse Doll Baby na defensiva, afastando-se. Saiu logo depois.

Sentada sobre a tampa da privada, dentro do banheiro trancado, Mamie Pullen dizia:

– Dulcy, querida, quero que você mantenha distância do Chink Charlie. Você está me deixando terrivelmente nervosa, criança.

Dulcy riu forçado para seu reflexo no espelho. Ela estava apoiada contra a quina da pia, fazendo com que seu vestido rosa colado entrasse pelo vale formado entre as carnes de seu rabo maravilhoso.

– Estou tentando, tia Mamie – ela disse, acariciando os curtos cachos de cabelo laranja que lhe emolduravam o rosto marrom-oliva em forma de coração. – Mas você sabe como é o Chink. Ele continua se insinuando pra mim, por mais que eu lhe mostre que não estou interessada.

Mamie pigarreou de modo cético. Ela reprovava essa última moda de negras loiras no Harlem. Seus olhos velhos e receosos estudavam os trajes espalhafatosos de Dulcy – os sapatos com todas as cores do arco-íris com saltos altos de acrílico, típico das putas; o colar de pérolas rosa cultivadas; o relógio cravejado de diamantes; o chamativo e pesado bracelete de ouro; os dois anéis de diamante em sua mão esquerda e o anel de rubi na direita; os brincos de pérolas rosadas, cujo formato lembrava gotas petrificadas de caviar.

Finalmente, ela comentou:

— Tudo que posso dizer, querida, é que você não está vestida de acordo com a ocasião.

Dulcy se voltou furiosa, mas seus olhos sedutores de longas pestanas se desviaram rapidamente do olhar reprovador de Mamie para os sapatos quase masculinos que a tia usava e que se projetavam sob a barra do longo vestido negro de cetim.

— Qual é o problema com o jeito como me visto? — inquiriu, beligerante.

— Uma roupa dessas não esconde nada — disse secamente Mamie, e então, antes que Dulcy pudesse rebater o comentário, disparou: — O que aconteceu realmente entre o Johnny e o Chink no Dickie Well's na noite do último sábado?

Pequenas gotas de suor se formaram na parte superior do lábio de Dulcy.

— O mesmo de sempre. Às vezes o Johnny tem tanto ciúmes de mim que chego a pensar que ele é maluco.

— E por que você o provoca? Será que você não consegue deixar de rebolar esse seu traseiro para cada homem que passa?

Dulcy ficou indignada.

— Eu e o Chink éramos amigos antes de eu conhecer o Johnny, e não vejo por que não possa dar um alô para ele se eu tiver vontade. O Johnny não faz o mínimo esforço para ignorar seus antigos casos quando as encontra. Nunca houve nada entre mim e o Chink.

— Criança, não vai querer me dizer que toda essa confusão é fruto de um alozinho seu para o Chink.

— Se não quer acreditar, não acredite. Eu, o Val e o Johnny estávamos sentados numa mesa ao lado do ringue quando o Chink apareceu e disse: "Olá, doçura, como o filão está agüentando?". Dei uma risada. Todos no

Harlem sabem que o Chink chama o Johnny de "meu filão de ouro", e se Johnny tivesse um pingo de senso de humor também teria rido. Mas, em vez disso, deu um salto antes que qualquer um pudesse entender o que estava acontecendo, puxou sua faca e começou a gritar, dizendo como ia ensinar o filho-da-puta a mostrar algum respeito. Com naturalidade, o Chink puxou sua própria faca. Se não fosse pelo Val, Joe Turner e o Grande Caesar, que os apartaram, o Johnny teria se lançado sobre ele ali mesmo. De fato, nada de mais aconteceu, tirando umas mesas e cadeiras viradas. O que deu à desavença esse ar de grande confusão foi um bando de garotas histéricas que começou a gritar e a dar show, tentando convencer seus negros de que elas estavam assustadas e com medo de ser esfaqueadas.

Subitamente, começou a dar uns risinhos. Mamie deu um basta naquilo.

– Não vejo razão nenhuma para rir – disse Mamie com dureza.

A cara de Dulcy desabou.

– Eu não estava rindo – ela disse. – Estou com medo. o Johnny vai matá-lo.

Mamie enrijeceu. Levou um tempo até que voltasse a falar. Sua voz saiu abafada pelo medo.

– Ele lhe disse isso?

– Não foi preciso, mas eu sei que vai. Posso sentir.

Mamie se pôs de pé e envolveu Dulcy com um dos braços. As duas tremiam.

– Temos que dar um jeito de impedi-lo, criança.

Dulcy se voltou outra vez na direção do espelho, como que a buscar coragem em seu reflexo. Abriu sua bolsinha cor-de-rosa e começou a retocar a maquiagem. Sua mão tremia enquanto tentava passar o batom.

– Não sei o que fazer para detê-lo – ela disse ao terminar. – Pelo menos não sem terminar sendo morta.

Mamie tirou o braço da cintura de Dulcy e involuntariamente lhe agarrou as mãos.

– Senhor, queria que o Val desse um jeito de chegar logo aqui.

Dulcy deu uma olhada no seu relógio de pulso.

– São quase 4h25. Johnny já devia estar por aqui. – Depois de uma pausa, acrescentou: – Não sei o que está atrasando o Val.

3

Alguém começou a esmurrar a porta.

O som mal era ouvido em meio ao barulho que dominava o ambiente.

– *Abram a porta*! – uma voz gritou.

Foi um grito tão gutural que mesmo Dulcy e Mamie o ouviram, embora estivessem dentro do banheiro.

– Quem será o dono da voz? – perguntou Mamie.

– Certamente nem o Johnny nem o Val fariam todo esse escândalo – replicou Dulcy.

– Deve ser de algum bêbado.

Um dos bêbados que já estava do lado de dentro disse com uma voz de menestrel:

– Abra a porta, Richard.

Esse era o título de uma canção popular no Harlem, que havia sido inventada por dois comediantes do teatro Apolo que pintavam o rosto de negro. A canção fazia parte de um esquete em que um camarada de cor chegava em casa bêbado e tentava fazer com que Richard lhe abrisse a porta.

Os outros bêbados que estavam na sala caíram na gargalhada.

Alamena acabara de entrar na cozinha.

– Veja quem está na porta – ela disse a Baby Sis.

Baby Sis tirou os olhos da pilha de louças sujas e disse, mal-humorada:

– Esses bêbados me dão nojo.

Alamena congelou. Baby Sis era apenas uma garota que Mamie havia pegado para ajudar nas tarefas da casa, e não tinha nenhum direito de criticar os convidados.

– Garota, você está indo além da conta – ela disse. – É melhor você cuidar o que diz. Vá lá abrir a porta e depois dê um jeito nesta bagunça aqui.

Baby Sis olhou de esguelha para a desordem da cozinha, sua natural vesguice adquirindo um aspecto maldoso no rosto negro e engordurado.

A mesa, a pia, as bancadas e todo o espaço disponível no chão estavam entulhados por garrafas vazias ou pela metade – gim, uísque, rum, refrigerantes, condimentos. Além disso, por toda parte havia potes, panelas, pratos de comida, travessas contendo salada de batata, panelas de ferro com pedaços gordurosos de galinha frita, peixe frito, costelas de porco; fôrmas com pedaços e farelos de biscoitos, pedaços de torta derretidos; um tanque cheio de pedaços de gel que flutuavam sobre uma água suja; fatias de bolo e de sanduíches de pão branco meio comidos estavam por toda parte.

– Não vai ter como arrumar essa bagunça toda – reclamou.

– Vá abrir a porta, garota – disse Alamena com rispidez.

Baby Sis deu um jeito de atravessar a multidão de bêbados que não parava de gritar na sala abarrotada.

– Alguém abra esta porta! – gritava desesperadamente a voz do lado de fora.

– Já vou! – gritou Baby Sis do lado de dentro. – Agüenta aí.

– Então venha depressa! – a voz gritou em resposta.

– Está frio lá fora, boneca – disse um dos bêbados da sala.

Baby Sis parou em frente à porta trancada e gritou:

– Quem é que tá batendo como se quisesse arrancar a porta fora?

– Sou eu, o reverendo Short – replicou a voz.

– E eu sou a rainha de Sabá – disse Baby Sis, dobrando-se de tanto rir e dando tapas em seus enormes quadris. Voltou-se para os convidados para dividir a piada com eles.

– O cara lá fora diz que é o reverendo Short.

Vários convidados começaram a rir, mesmo no estado em que estavam.

Baby Sis voltou a encarar a porta e gritou:

– Tente outra, mentiroso, e não me diga que você é São Pedro e que veio buscar o Big Joe.

Os três músicos continuavam tocando como que tomados por um êxtase completo, as faces petrificadas, os olhos fixos na direção da Terra Prometida para além do rio Jordão.

– Estou dizendo a você que sou o reverendo Short – disse a voz.

A expressão até então risonha de Baby Sis assumiu, abruptamente, um aspecto maligno e malévolo.

– Quer saber como eu sei que você não é o reverendo Short?

– Isto é exatamente o que eu gostaria de saber – disse a voz com exasperação.

– Porque o reverendo Short já está aqui dentro – replicou triunfantemente Baby Sis. – E você não pode ser o reverendo Short porque está aí do lado de fora.

– Deus misericordioso que está no céu – pronunciou a voz num lamento. – Dê-me paciência.

Mas, em vez de ser paciente, as pancadas na porta reiniciaram.

Mamie Pullen destrancou a porta do banheiro e colocou a cabeça para fora.

– O que está acontecendo aí? – ela perguntou. Vendo que Baby Sis estava parada em frente à porta, perguntou:
– Quem está batendo?

– Um bêbado que afirma ser o reverendo Short – respondeu Baby Sis.

– Eu sou o reverendo Short! – gritou a voz do lado de fora.

– Não pode ser o reverendo Short – argumentou Baby Sis.

– Qual é o seu problema, garota, você está bêbada? – disse Mamie, tomada de irritação, cruzando a sala.

Da porta da cozinha Alamena disse:

– Provavelmente é o Johnny fazendo uma de suas brincadeiras.

Mamie chegou até a porta, puxou Baby Sis para o lado e a abriu.

O reverendo Short alcançou a soleira, cambaleando, mal conseguindo permanecer em pé. Seu rosto ossudo, de uma cor de pergaminho, trazia uma expressão de extremo ultraje, e seus olhos avermelhados faiscavam furiosamente por trás dos óculos de armação dourada polida.

– Eu e minha boca! – exclamou Baby Sis numa voz receosa, a cara preta e gordurosa empalidecendo, os olhos esbugalhados, como se tivesse visto uma assombração. – É o reverendo Short.

O corpo magro e vestido de negro do reverendo Short tremia de fúria como uma taquareira ao vento.

– Eu disse que era o reverendo Short – trovejou.

O formato de sua boca se assemelhava à de um bagre, e, enquanto falava, gotas de saliva voavam sobre Dulcy, que havia se aproximado e enlaçado Mamie com o braço por sobre o ombro.

Ela se afastou irritada e enxugou o rosto com um pequeno lenço de seda negra que segurava numa das mãos e que representava o máximo luto de sua vestimenta.

– Pare de me cuspir – ela disse rispidamente.

– Não era intenção dele cuspir em você, doçura – disse Mamie com calma.

– *Pobre pecador agüenta tremendo...* – gritou Deep South.

O corpo do reverendo Short começou a tremer convulsivamente, como se estivesse tendo um ataque epilético. Todos olhavam para ele com curiosidade.

— ...agüenta tremendo, Daddy Joe – fez eco Susie Q..

— Mamie Pullen, se você não mandar esses diabos pararem de improvisar sobre esse bom e velho *spiritual*, *Steal Away*, eu juro, perante Deus, que não rezarei o velório do Big Joe – ameaçou o reverendo Short numa voz rouca e raivosa.

— Querem apenas mostrar sua gratidão – gritou Mamie para se fazer ouvir. – Foi o Big Joe quem os iniciou no caminho da fama quando eles não passavam de calouros na espelunca do Eddy Price. Agora, estão apenas tentando facilitar o caminho dele para o céu.

— Isto não é maneira de se mandar um corpo para o céu – falou com uma voz roufenha, desistindo de gritar. – Estão fazendo tanto barulho que daqui a pouco vão conseguir levantar os mortos que já estão lá no outro lado.

— Oh, está bem, vou dar um jeito – disse Mamie e se dirigiu até os músicos, pousando sua mão negra e enrugada sobre o ombro suado de Deep South. – Isto foi ótimo, rapazes, mas agora está na hora de vocês descansarem um pouco.

A música parou de modo tão repentino que o sussurro raivoso de Dulcy se sobressaiu no súbito silêncio:

— Por que você deixa esse pastor de araque dar as cartas, tia Mamie?

O reverendo Short lhe lançou um olhar cheio de malevolência.

— É melhor você olhar para o próprio umbigo antes de me criticar, irmã Perry – resmungou.

O silêncio se tornou constrangedor.

Baby Sis escolheu esse momento para perguntar com a voz amplificada pela bebida:

– O que eu quero saber, reverendo Short, é como o senhor foi parar do lado de fora da porta?

A tensão se rompeu. Todos começaram a rir.

– Fui empurrado da janela – disse o reverendo Short numa voz endurecida pela maldade.

Baby Sis se curvou de tanto rir, encarou o rosto do reverendo e o perdeu de vista no meio da primeira gargalhada.

Os outros que tinham começado a rir pararam abruptamente. Um silêncio mortal caiu como mortalha sobre a festa. Os convidados olharam para o reverendo com olhos esbugalhados. Seus rostos queriam continuar rindo, mas suas mentes mantinham as rédeas presas. Por um lado, a expressão vingativa no rosto do reverendo podia ser perfeitamente a de um homem que tivesse sido empurrado pela janela. Por outro, seu corpo não apresentava os sinais de uma queda de três andares no concreto da calçada.

– Foi o Chink Charlie quem me empurrou – resmungou o reverendo.

Mamie teve um sobressalto.

– O quê!?

– Você está brincando? É uma piada? – perguntou Alamena com rispidez.

Baby Sis foi a primeira a se recuperar. Riu de modo a testar a graça da brincadeira e deu um safanão no reverendo para mostrar que aprovava o espírito da coisa.

– Você ganhou o bolo, reverendo – ela disse.

O reverendo Short se agarrou no braço dela para não cair.

Ela escancarou os dentes, demonstrando uma admiração imbecil pela passagem, na prática, de uma piada para a outra.

Mamie tomou-se de fúria e lhe esbofeteou a cara.

– Trate de voltar já para a cozinha – ela disse com dureza. – E não ouse botar uma gota a mais de álcool nesse corpo esta noite.

O rosto de Baby Sis se enrugou como uma ameixa seca e ela começou a choramingar. Era uma mulher jovem, do tipo forte e entroncado, e chorar lhe dava uma expressão de pura idiotia. Ela se voltou para correr direto para a cozinha, mas acabou tropeçando num dos pés e desabou no chão, totalmente embriagada. Ninguém deu muita bola ao fato, porque, sem o suporte dela, o reverendo Short também começou a cair.

Mamie o agarrou pelo braço e o conduziu até uma poltrona.

– Sente-se aqui, reverendo, assim, isso, e me conte o que aconteceu – ela disse.

Ele apertou o lado esquerdo como se estivesse sentindo uma dor terrível e num gemido falou:

– Fui até o quarto tomar um pouco de ar puro, e, enquanto eu estava junto à janela acompanhando uma perseguição policial lá embaixo, o Chink Charlie se posicionou atrás de mim e me empurrou para fora.

– Meu Deus! – exclamou Mamie. – Então ele tentou matar você.

– Claro que sim.

Alamena olhou para a cara macilenta e contraída do reverendo e disse, com coragem redobrada:

– Mamie, ele está totalmente bêbado.

– Pelo contrário – ele contestou. – Durante minha vida nunca pus uma gota sequer de álcool na boca.

– Onde está o Chink? – perguntou Mamie, olhando ao redor. – Chink! – ela chamou. – Alguém traga o Chink até aqui.

– Ele se foi – disse Alamena. – Saiu enquanto você e a Dulcy estavam no banheiro.

23

— Seu pastor está inventando essa história, tia Mamie — disse Dulcy. — E tudo porque ele e o Chink discutiram sobre os convidados que estão aqui esta noite.

Os olhos de Mamie foram dela para o reverendo Short.

— O que há de errado com eles?

A pergunta era dirigida ao reverendo, mas Dulcy acabou dando a resposta.

— Ele disse que só deviam estar presentes os membros da igreja e os companheiros do Big Joe, e o Chink disse que ele estava esquecendo que o próprio Big Joe era um jogador inveterado.

— Não estou dizendo que o Big Joe não tivesse pecados — disse o reverendo Short, com a voz vigorosa que assumia nos púlpitos, esquecendo momentaneamente que era um inválido —, mas o Big Joe foi cozinheiro no vagão-restaurante da companhia ferroviária da Pensilvânia e membro da Primeira Igreja Sagrada do Harlem por mais de vinte anos, e esses serão os feitos que Deus levará em conta na hora do juízo.

— Mas os camaradas aqui presentes são todos seus amigos — protestou Mamie, com um aspecto desnorteado. — Camaradas que trabalharam com ele e que o acompanharam ao longo da vida.

O reverendo Short contraiu os lábios.

— Não é essa a questão. Não se pode deixar que sua pobre alma seja cercada por todos esses tipos pecadores e adúlteros. Como esperar que Deus o aceite de braços abertos?

— O que o senhor está querendo dizer com isso? — irrompeu Dulcy excitada.

— Deixe-o em paz — disse Mamie. — Essa discussão só vai piorar ainda mais as coisas.

– Se ele não parar de me agredir com suas alfinetadas, vou pedir para o Johnny lhe dar uma surra – disse Dulcy, dirigindo-se a Mamie em voz baixa, mas que pôde ser ouvida por todos.

O reverendo Short lançou para ela um olhar de triunfante malevolência.

– Faça quantas ameaças quiser, sua Jezebel, mas você não pode esconder do Senhor lá em cima que foi sua maldade quem provocou a morte prematura do Joe Pullen.

– Isso não é verdade – contradisse Mamie Pullen. – Era a hora dele. Ele vinha tirando esses cochilos com o cigarro na boca há anos. Quando sua hora chegou, aconteceu dele morrer sufocado com o cigarro.

– Olha, se você vai agüentar as palhaçadas desse reverendo mentiroso, tudo certo – disse Dulcy a Mamie –, mas estou indo para casa, e apenas informe a Johnny a razão por que fui embora quando ele chegar aqui.

O silêncio a acompanhou enquanto ela deu meia-volta e abandonou o apartamento. Bateu a porta ao sair.

Mamie suspirou.

– Senhor, como queria que Val estivesse aqui.

– Esta casa está cheia de assassinos! – exclamou o reverendo Short.

– O senhor não devia dizer isso só porque tem uma rixa com o Chink Charlie – disse Mamie.

– Pelo amor de Deus, Mamie! – explodiu Alamena. – Se ele tivesse caído da janela do banheiro estaria estendido lá na calçada. Morto.

O reverendo Short a encarou com olhos flamejantes. Uma massa branca de saliva havia se acumulado nos cantos de sua boca.

– Estou tendo uma terrível visão – sussurrou.

— Ninguém duvida — disse Alamena, enojada. — Afinal, tudo o que o senhor faz é ter visões.

— Vejo um homem morto com o coração apunhalado — ele disse.

— Deixa eu preparar um drinque para o senhor e levá-lo para a cama — Mamie disse com suavidade. — E, Alamena...

— Ele não precisa de mais bebida — interrompeu-a Alamena.

— Pelo amor de Deus, Alamena, pare com isso. Vá ligar para o doutor Ramsey e diga que venha até aqui.

— Ele não está doente — disse Alamena.

— Não disse que estava doente — contestou o reverendo Short.

— Por alguma razão, está apenas procurando confusão.

— Estou ferido — afirmou o reverendo Short. — Você também estaria ferida se alguém a tivesse empurrado janela abaixo.

Mamie pegou Alamena pelo braço e tentou afastá-la dali.

— Vá duma vez lá embaixo ligar para o médico.

Alamena, no entanto, se desvencilhou.

— Escute, Mamie Pullen, pelo amor de Deus, aja com maturidade. Se ele tivesse caído daquela janela certamente não teria conseguido subir as escadas de volta. Suspeito que em seguida ele vá lhe dizer que caiu no colo de Deus.

— Caí dentro de uma cesta de pães — declarou o reverendo Short.

Finalmente os convidados conseguiram rir aliviados. Agora sabiam que o bom reverendo estava brincando. Mesmo Mamie não conseguiu se conter.

— Percebe o que eu estava dizendo? — perguntou Alamena.

– Reverendo Short, o senhor deveria se envergonhar, querendo nos passar a perna – disse Mamie com indulgência.

– Se não acreditam em mim, vão até lá dar uma olhada nos pães – desafiou o reverendo.

– Que pães?

– A cesta de pães sobre a qual eu caí. Está na calçada, em frente à loja A&P. Deus a colocou lá para amortecer minha queda.

Mamie e Alamena trocaram olhares.

– Vou lá dar uma olhada, você chama o médico – disse Mamie.

– Quero dar uma olhada também.

Suspirando sonoramente, como se cedesse aos caprichos de um lunático que não atendesse aos apelos da razão, Mamie abriu passagem.

A porta do quarto estava fechada. Quando ela a abriu, exclamou:

– O quê! A luz está acesa!

Com o coração cada vez mais acelerado, cruzou o quarto iluminado e se inclinou para fora da janela aberta. Alamena também fez o mesmo ao seu lado. Os outros se esgueiraram para dentro da peça de dimensões medianas. Tantos quantos puderam se inclinaram sobre os ombros das duas.

– Está lá? – perguntou alguém do fundo.

– Vocês conseguem enxergá-la?

– Há algum tipo de cesta, isso é certo – disse Alamena.

– Mas não parece ter nenhum pão dentro – disse um homem que espiava por sobre o ombro de uma delas.

– Nem sequer parece uma cesta de pães – disse Mamie, tentando vencer a penumbra do amanhecer com seu olhar um tanto míope. – Parece mais uma dessas caixas que eles usam para remover cadáveres.

Àquela altura, a visão perfeita de Alamena já tinha se acostumado à escuridão.

– É mesmo uma cesta de pão. Mas já tem um homem deitado dentro dela.

– Um bêbado – disse a Mamie, a voz revelando alívio. – Não há dúvida de que foi isso que o reverendo Short viu e que lhe deu a idéia de nos enganar.

– Ele não me parece bêbado – disse o homem que estava inclinado sobre seu ombro. – Ele está deitado de maneira muito esticada, e os bêbados sempre se deitam encolhidos.

– Meu Deus! – exclamou Alamena numa voz alterada pelo pavor –, ele tem uma faca cravada no corpo.

Mamie deixou escapar um profundo lamento.

– Senhor, nos proteja! Você consegue ver o rosto dele, criança? Estou tão velha que não consigo ver um palmo diante do nariz. É o Chink?

Alamena passou um braço em torno da cintura de Mamie e a afastou da janela.

– Não, não é o Chink – ela disse. – Tenho a impressão de que é o Val.

4

Todos correram em direção à porta da frente para chegar primeiro às escadas. Mas antes que Mamie e Alamena conseguissem sair, o telefone começou a tocar.

— Diabos, quem pode estar ligando a uma hora dessas? — perguntou irritada Alamena.

— Vá em frente, deixe que eu atendo — disse Mamie.

Alamena desceu sem responder.

Mamie voltou para o quarto e ergueu o fone do aparelho posicionado à mesa de cabeceira.

— Alô.

— Há um homem morto em frente à sua casa.

Ela podia jurar que havia na voz um tom jocoso.

— Quem está falando? — perguntou desconfiada.

— Ninguém.

— Não tem nenhuma graça brincar com uma coisa dessas — ela disse de modo duro.

— Não estou brincando. Se não acredita em mim, vá até a janela e dê uma olhada.

— Por que, diabos, você não chamou a polícia?

— Achei que talvez você não quisesse ver a polícia envolvida.

Subitamente, toda a conversa deixou de fazer sentido para Mamie. Tentou organizar seus pensamentos, mas estava tão cansada que sua cabeça zumbia. Toda essa macaquice do reverendo Short, Val sendo esfaqueado até a morte, além do corpo de Big Joe ali dentro do caixão, tinham-na levado às raias da loucura.

— Por que, diabos, eu poderia querer que a polícia não soubesse? — ela perguntou com selvageria.

— Porque ele saiu de seu apartamento.

— Como você sabe que ele saiu do meu apartamento? Não o vi aqui em casa esta noite.

– Eu vi. Vi quando ele caiu de sua janela.

– O quê? Ah, você está falando do reverendo Short. Tem certeza absoluta de que o viu cair?

– Isto é o que estou lhe dizendo. E ele ficou caído dentro de uma cesta de pães na calçada em frente à loja A&P, mortinho da silva.

– Não se trata do reverendo Short. Ele nem chegou a se machucar. Subiu sozinho as escadas de volta.

Ela esperou por uma resposta, mas a voz do outro lado permaneceu em silêncio.

– Alô – ela disse. – Alô! Você ainda está aí? Já que é tão esperto, como é que não percebeu isso?

Ela ouviu um clique suave.

– O desgraçado desligou – murmurou para si mesma e então acrescentou –; agora, que isso é muito estranho é...

Permaneceu parada por um momento, tentando raciocinar, mas sua cabeça não queria funcionar. Cruzou, então, o toucador e pegou uma lata de fumo. Usando um pegador de algodão, alojou um chumaço de fumo debaixo do lábio inferior, deixando a ponta do chumaço para fora. Isso lhe aplacou o crescente sentimento de pânico. Por respeito aos convidados, ela não usara o tabaco por toda noite, indo de encontro a uma regra básica para sua sobrevivência: estar com um chumaço de fumo nos lábios.

– Senhor, se o Big Joe estivesse vivo, ele saberia o que fazer – disse para si mesma, enquanto se arrastava de volta à sala de estar em passos lentos.

A peça estava tomada por copos sujos, pratos com resto de comida, cinzeiros transbordando com pontas de cigarro e charuto. O carpete marrom estava arruinado. O tecido tinha sido perfurado em várias partes por cigarros acesos. Os tampos das mesas também ficaram todos marcados pela combustão descuidada dos cigarros. Sobre o piano, jazia intacto o esqueleto de cinzas de um cigarro inteiro. Aquele cenário se assemelhava a um terreno após a passagem de um circo, e o cheiro de morte, misturado aos lírios do vale e aos fedores humanos, era potencializado na sala quente e fechada.

Mamie se arrastou através da sala e olhou para o corpo do marido dentro do caixão coberto de bronze.

Big Joe estava vestido com um terno Palm Beach* cor creme, uma camisa de crepe de seda de um verde esmaecido, uma gravata de seda marrom com anjos pintados à mão, fixada por um prendedor de diamante em forma de ferradura. Seu rosto grande e quadrado, marrom-escuro, estava bem barbeado, com vincos profundos ao redor da boca larga. Tinha uma expressão serena. Seus olhos estavam fechados. Seu cabelo grisalho e rebelde tinha sido cortado logo após sua morte e, com muito esforço, fora escovado e ajeitado. Ela mesma tinha se ocupado da tarefa, assim como também o vestira. As mãos dele estavam cruzadas sobre o peito, exibindo um anel de diamante na mão esquerda e o anel da loja maçônica na direita.

Removeu todas as jóias e as enfiou no bolso frontal e fundo de seu vestido negro de cetim que descia até os pés. Depois fechou a tampa do caixão.

– Este acabou sendo um velório dos infernos – ela disse.

– Ele está morto – disse de supetão o reverendo Short, com sua voz rouca e renovada.

Mamie deu um pulo. Não tinha visto o reverendo.

Ele tinha se largado numa poltrona bem estufada, olhando com uma expressão fixa para a parede à sua frente.

---

* Famosa e tradicional confecção americana, especializada em ternos e trajes masculinos. (N.T.)

— Que diabos você está pensando? — ela perguntou rispidamente. Desde a descoberta do corpo de Val, tinha abandonado todas as convenções sociais. — Você acha que eu ia enterrá-lo se estivesse vivo?

— Eu vi o que aconteceu — prosseguiu o reverendo Short, como se ela não tivesse falado.

Ela o encarou com perplexidade.

— Oh, você está falando do Val.

— Uma mulher tomada pelo pecado da luxúria e do adultério saiu direto de um buraco infernal e lhe apunhalou o coração.

Suas palavras penetraram vagarosamente nos pensamentos embotados de Mamie.

— Uma mulher?

— *E lhe dei oportunidade de se arrepender de sua fornicação e ela não se arrependeu.*

— Você a viu cometer o crime?

— *Porque seus pecados alcançaram os céus, e Deus se lembrou de suas atos.*

Mamie viu a sala oscilar.

— Que o Senhor tenha piedade — ela disse.

Viu Big Joe em seu caixão, o piano e o console do rádio-televisão começarem a subir lentamente em direção ao céu. Então o carpete castanho-avermelhado começou a se erguer devagar até que se espalhasse na frente de seus olhos como um mar de escuridão, sangue coagulado no qual enterrou a face.

— Pecado e luxúria e abominação aos olhos do Senhor! — bradou o reverendo Short, acrescentando depois num sussurro seco: — Ela não passa de uma prostituta, ó, Senhor.

5

O elevador automático estava no térreo, e a maioria dos presentes ao velório preferiu descer correndo pelas escadas em vez de esperá-lo. Mas eles não foram os primeiros a chegar.

Dulcy e Chink ficaram se encarando, tendo entre si a cesta de pão que continha o corpo. Era um homem enorme, a pele amarelada, ainda jovem mas que logo seria gordo, vestido em um terno bege de verão. Chink se inclinou sobre o corpo de modo tenso.

O primeiro a se aproximar ouviu Dulcy exclamando:

– Jesus Cristo, você não precisava matá-lo!

Chink respondeu numa voz sufocada por uma passionalidade súbita:

– Nem mesmo por você...

Então ele se calou e, num sussurro tenso, proferido entre os dentes, a advertiu:

– Fique quieta.

Ela não voltou a falar até que todos os participantes do velório se reunissem ao redor do corpo, dessem uma olhada e dissessem o que tinham a dizer.

– É o Val, e morreu mesmo.

– Se não morreu, São Pedro vai ficar muito surpreso.

Alamena se esgueirara a ponto de estar perto o suficiente do corpo para observá-lo em detalhes. Ouviu um garçom do vagão-restaurante dizer:

– Você acha que ele foi esfaqueado no local em que está?

Uma voz atrás dela replicou:

– Deve ter sido... Não há sangue em nenhum outro lugar.

O corpo estava tombado e estendido sobre o colchão formado pelas fatias de pão, como se a cesta lhe tivesse sido feita sob medida. A mão esquerda, exibindo o aro de um anel solitário de ouro, jazia com a palma voltada para cima, cruzada sobre uma grossa gravata preta atada ao colarinho de uma camisa de seda cor de areia; a mão direita, com a palma para baixo, estava pousada sobre o botão central de um casaco verde-oliva de gabardine. Os pés apontavam diretamente para cima, expondo as solas de borracha levemente gastas de seus finos sapatos Cordovan, ao estilo inglês.

A faca se erguia do casaco logo abaixo do bolso do peito, que estava adornado com uma pequena lista de um lenço branco. Era um punhal com um botão para liberar a lâmina, com guarda para mão, como um desses usados por caçadores para tirar o couro de gamos.

O sangue criou padrões irregulares sobre o casaco, a camisa e a gravata. Manchas se espalhavam sobre os papéis que embrulhavam os pães e sobre um dos lados da cesta de vime. Não havia uma gota sequer na calçada.

A expressão do rosto estava congelada numa expressão de profunda incredulidade, os olhos, esbugalhados e transformados em duas bolas brancas e protuberantes, miravam fixamente um ponto acima e além dos pés.

Era um rosto bonito, com uma pele marrom macia e feições que guardavam bastante semelhança com as de Dulcy. A cabeça estava descoberta, revelando cabelos negros e crespos, densamente emplastados de brilhantina.

Um estranho momento de silêncio se seguiu após a observação do último falante, dando conta de que o crime tinha acontecido naquele local.

Dulcy rompeu o silêncio:

– Ele parece tão surpreso.

– Você também pareceria surpresa se alguém lhe enfiasse uma faca no coração – disse Alamena de modo sombrio.

Com alarmante rapidez, Dulcy se pôs histérica.

– Val! – ela gritou. – Vou pegá-lo, doçura, oh, Deus...

Ela teria se lançado sobre o corpo de Val, mas Alamena rapidamente a agarrou, sendo logo ajudada por alguns presentes que se aproximaram.

Ela se debateu furiosamente e gritou:

– Me soltem, seus filhos-da-puta! Ele é meu irmão e algum filho-da-puta vai pagar por isso...

– Pelo amor de Deus, cale essa boca! – gritou Alamena.

Chink ficou olhando para ela, sua enorme cara amarela distorcida pela raiva. Ela acabou se calando e recuperando o controle sobre si mesma.

Um policial negro saiu pela porta do prédio ao lado. Ao ver a multidão reunida, empertigou-se e ajeitou o uniforme.

– O que está acontecendo aqui? – perguntou em alto e bom som. – Alguém se machucou?

– É uma maneira de ver as coisas – respondeu alguém.

O policial se aproximou e, olhando para baixo, deu com o corpo. O colarinho de seu uniforme azul estava aberto e ele exalava um cheiro de suor.

– Quem o esfaqueou? – perguntou.

Pigmeat respondeu com uma voz aguda em falsete:

– Quem dera você soubesse.

O policial piscou os olhos, então subitamente sorriu com escárnio, mostrando duas fileiras de dentes grandes e amarelados.

– Que menestrel* é esse que está com você, filho?

Todos olharam para ele, esperando para ver qual seria sua atitude. Seus rostos mal se divisavam na luz cinzenta do amanhecer.

Ele ficou ali a sorrir, sem fazer nada. Não sabia o que fazer, mas estava incomodado com a situação.

O som de uma sirene ao longe flutuava no ar úmido. A multidão começou a se dispersar.

– Ninguém pode sair da cena do crime – ordenou o policial.

A luz vermelha da sirene de um carro-patrulha veio do norte pela Seventh Avenue. O carro, cantando pneus, fez um retorno ao redor do canteiro que dividia as mãos da avenida e estacionou em fila dupla. Outra sirene vermelha vinha do sul, rasgando a rua escura num furioso estardalhaço. Uma terceira viatura veio pela esquina da 132nd Street, quase colidindo em um poste. Uma quarta surgiu da 129th e foi pela contramão na direção norte, fazendo muito barulho com a sirene.

O sargento do distrito, um homem branco, chegou na quinta viatura.

– Mantenham todas as pessoas aqui – ordenou em voz alta.

Naquele momento, pessoas semivestidas se inclinavam para fora de todas as janelas frontais dos prédios da quadra, enquanto outras começavam a rezar na rua.

O sargento percebeu um homem branco vestindo uma camiseta pólo branca e calças cáqui, que permanecia afastado da cena, e lhe perguntou:

– Você trabalha nessa loja da A&P?

– Sou o gerente.

---

* Tipo de ator norte-americano do século XIX, cujas performances satirizavam a cultura negra da época. Em geral eram homens maquiados ("black face") que faziam caricaturas de negros. (N.E.)

– Abra as portas. Vamos colocar todos os suspeitos aí dentro.

– Negativo – disse o homem branco. – Já fui roubado nesta noite por um crioulo, bem debaixo dos meus olhos, e o policial ainda não colocou as mãos no bandido.

O sargento olhou para o policial de cor.

– Era o parceiro dele – disse o gerente da A&P.

– Onde ele está agora? – perguntou o sargento.

– Como diabos posso saber? – retrucou o gerente da loja. – Tive que sair daqui e voltar para abrir a loja.

– Bem, então vá em frente, abra a porta – disse o policial de cor.

– Eu me responsabilizarei por qualquer item roubado – disse o sargento.

O gerente foi destrancar a porta sem replicar.

Um sedã preto comum freou e parou despercebido no final da quadra, e dois homens de cor, altos e magros, trajando ternos negros de angorá, que mais pareciam pijamas, saíram do carro e caminharam em direção à cena do crime. Seus paletós amarrotados revelavam uma protuberância abaixo dos ombros esquerdos. As correias brilhantes de seus coldres se faziam visíveis sobre suas camisas de algodão azul.

Aquele com o rosto queimado se dirigiu para os confins do espaço ocupado pela multidão; o outro permaneceu no centro do aglomerado.

De repente soou um grito:

– Endireitem-se!

Outro grito semelhante ecoou:

– E se organizem!

– Detetives Jones Coveiro e Caixão Johnson se apresentando para o serviço, general – murmurou Pigmeat.

– Jesus Cristo! – disse Chink encolerizado. – Agora temos aqui esses malditos pistoleiros do velho oeste para complicar ainda mais as coisas.

O sargento disse, piscando para um policial branco:

– Leve esse pessoal para dentro da loja, Jones. Você e o Johnson. Mais do que ninguém, vocês sabem lidar com essa turma.

Jones Coveiro lançou-lhe um olhar duro.

– Todos são iguais para a gente, comissário: brancos, azuis, negros e merinos.

Então, voltando-se para a multidão, ele gritou:

– Para dentro, primos.

– Eles vão prosseguir com sua reunião de orações – disse Ed Caixão.

Enquanto os policiais fechavam as portas atrás dos suspeitos encurralados, um grande Cadillac creme conversível com a capota abaixada, feito sob encomenda, parou, estacionando em fila dupla atrás das viaturas policiais.

Em cada porta havia uma carta de baralho gravada em relevo. Nos cantos de cada uma das cartas se viam marchetados os símbolos dos naipes: espadas, copas, ouros e paus. Cada porta tinha o tamanho do portão de um celeiro.

Uma delas se abriu. Um homem saiu. Era um sujeito enorme, mas, de pé, seu 1,83 m era atenuado pelos ombros curvos e pelos braços compridos. Usava um terno azul-esmalte de seda grossa; uma camisa de seda de um amarelo esmaecido; uma gravata pintada à mão dando conta de um alvorecer no qual um sol alaranjado rompia a escuridão da madrugada; sapatos marrons extremamente lustrosos e com solado de borracha; um prendedor de gravata que era uma miniatura de um dez de copas, com corações de opala; três anéis, incluindo um pesado anel de ouro com o sinete da loja maçônica, um solitário de diamante amarelo em um aro de ouro, e uma enorme pedra rajada de uma variedade sem nome, também incrustada em um aro grosso de ouro. Suas abotoaduras eram de ouro, quadradas, com um diamante incrustado. Não era por vaidade que usava tantos objetos de ouro. Era um jogador, e as jóias eram sua conta bancária para uma emergência.

Estava sem chapéu. Seu cabelo de aspecto estranho, pontilhado por fios grisalhos, tinha sido cortado curto, uma parte raspada num dos lados. Na luz discreta do amanhecer, as feições marcantes de seu rosto se mostravam inchadas e revelavam as dificuldades por que já passara. No centro de sua testa havia uma cicatriz inchada e azulada, com estrias que pareciam tentáculos de um polvo imobilizado. A cicatriz lhe dava uma expressão de perpétua fúria, que era acentuada pelo fogo em brasa que ardia constantemente por detrás da superfície de seus olhos castanhos lamacentos, brasa pronta a voltar a chama.

Ele parecia durão, forte, bravo e destemido.

– Johnny Perry!

O nome vinha involuntariamente aos lábios de todos que viviam no Harlem. "Ele é o maior", diziam.

Dulcy lhe acenou de dentro da loja.

Ele caminhou em direção aos policiais que estavam reunidos junto à porta. Veio gingando, movendo-se na ponta dos cascos como um lutador de primeira linha. Uma onda de nervosismo se espalhou pelos policiais.

– Qual é o motivo da confusão? – perguntou ao sargento.

Por um instante ninguém falou.

Então o sargento disse, apontando com a cabeça para o cesto de pães sobre a calçada, "Um homem foi morto", como se as palavras lhe tivessem sido arrancadas pela chamas velozes e ardentes que começavam a incendiar os olhos de Johnny.

Johnny voltou sua cabeça para olhar, depois se aproximou e ficou observando o corpo de Val. Ficou como que congelado por quase um minuto. Quando retornou, sua face escura adquirira uma coloração púrpura, e os tentáculos da cicatriz em sua testa pareciam vivos. Seus olhos estavam esfumaçados como lenha úmida que começa a queimar.

Mas sua voz de jogador se mantinha inalterada, o mesmo tom lento e profundo.

– Você sabe quem o esfaqueou?

O sargento lhe devolveu na mesma medida.

– Ainda não. E você?

Johnny projetou a mão esquerda para frente, os dedos duros e esticados, então os recolheu e enfiou a mão no bolso do casaco, assim como já mantinha a direita. Não respondeu nada.

Dulcy tinha se enfiado por entre os mostradores da vitrine a ponto de tocar o vidro.

Johnny lançou um olhar para ela e em seguida disse ao sargento:

– Você está com a minha patroa ali dentro. Libere-a.

– Ela é uma suspeita – disse o sargento sem emoção.

– Foi o irmão dela que morreu – disse Johnny.

– Você pode vê-la na delegacia. Os camburões logo estarão aqui – replicou o sargento com indiferença.

Duas bolas de fogo se ergueram nos olhos lamacentos de Johnny.

– Deixe-a sair – disse Jones Coveiro. – Ele a levará para dentro do camburão.

– E quem, diabos, vai levá-lo para dentro? – explodiu o sargento.

– Nós iremos – disse o Coveiro. – Eu e o Ed.

O primeiro dos camburões dobrou a esquina da Seventh Avenue. O sargento abriu a porta e disse:

– Tudo bem, vamos organizar a saída dos suspeitos.

Dulcy era a terceira da fila. Ela teve que esperar até que os policiais revistassem os dois homens que estavam à sua frente. Um dos policiais lhe pediu que entregasse a carteira, mas ela passou correndo por ele e se jogou nos braços de Johnny.

– Oh, Johnny – ela soluçou, manchando, à medida que afundava o rosto no peito dele, a parte da frente do terno de seda azul com batom, rímel e lágrimas.

Ele a abraçou com uma ternura que parecia deslocada em um homem com sua aparência.

– Não chore, *baby* – ele disse com uma voz monocórdia –, vou pegar o filho-da-puta.

– É melhor você entrar no camburão – disse um policial branco, aproximando-se de Dulcy. Jones Coveiro gesticulou para que ele se afastasse.

Johnny conduziu Dulcy até o local em que estava estacionado seu Cadillac conversível como se ela fosse uma inválida.

Quando Alamena saiu, tratou de escapar da fila e caminhou depressa até o Cadillac, indo se sentar ao lado de Dulcy.

Ninguém lhe disse nada.

Johnny deu partida no motor, mas foi detido momentaneamente pelo carro do médico-legista que estacionara em frente ao seu. O legista auxiliar saiu com seu saco preto e caminhou em direção ao corpo. Dois policiais saíram do prédio conduzindo Mamie Pullen e o reverendo Short.

– Aqui – chamou Alamena.

– Graças a Deus – disse Mamie. Passou vagarosamente entre os carros estacionados e subiu na traseira do Cadillac.

– Também há espaço para o senhor, reverendo Short – gritou Alamena.

– Não andarei ao lado de uma assassina – ele respondeu em sua voz rascante e foi cambaleando em direção ao segundo camburão, que recém tinha aberto a traseira.

Os olhos de cada um dos policiais presentes à cena migraram rapidamente do rosto do reverendo para os ocupantes do Cadillac cor de creme.

– Tire essa sua praga de cima de mim! – gritou Dulcy, tendo novamente um acesso de histeria.

– Cale a boca! – ordenou Alamena com rispidez.

Johnny engatou a marcha sem olhar em volta, e o carro, grande e lustroso, pôs-se lentamente em movimento. O pequeno sedã negro de Ed Caixão e Jones Coveiro, castigado pelo uso, seguiu logo atrás.

6

O interrogatório preliminar foi feito por outro sargento, o detetive Brody da Divisão Central de Homicídios, com a assistência dos detetives do distrito, Jones Coveiro e Ed Caixão.

O interrogatório foi conduzido numa sala à prova de som, sem janelas, localizada no primeiro andar. A sala era conhecida no submundo do Harlem como o "Ninho de Pomba". Dizia-se que independentemente da dureza do ovo, se eles o mantivessem tempo suficiente por lá, acabava saindo um pombinho de dentro da casca.

A sala era iluminada pelo brilho incandescente de um refletor de trezentos watts focado sobre um banquinho baixo de madeira posicionado e aparafusado bem no centro do assoalho de tabuão. O assento do banquinho estava ensebado graças aos movimentos dos incontáveis suspeitos que já tinham passado por ali.

O sargento Brody apoiou os cotovelos sobre o tampo gasto da mesa que ficava junto à parede interna, ao lado da porta. A mesa ficava além do limite da luz do refletor, mergulhada na sombra, separando o interrogador dos suspeitos que torravam debaixo do foco.

Numa das pontas da mesa, um escrivão, sentado em uma cadeira de encosto reto, mantinha o bloco de notas à sua frente, sobre o tampo.

Ed Caixão formava uma sombra alta e indistinta logo atrás, num dos cantos da sala.

Jones Coveiro permanecia na outra extremidade da mesa, um dos pés sobre a cadeira restante. Os dois continuavam usando seus chapéus.

Os principais envolvidos – os amigos de Val e pessoas íntimas, Johnny e Dulcy Perry, Mamie Pullen, reverendo

Short e Chink Charlie – estavam sendo mantidos no escritório do detetive para serem interrogados no final.

Os outros tinham sido conduzidos a uma cela no andar de baixo e estavam sendo trazidos em grupos de quatro, alinhados dentro do círculo de luz.

A visão do morto e o subseqüente percurso no camburão tinham subitamente eliminado de todos os efeitos da bebida. Estavam suados e com um aspecto maligno, não se podia distinguir os homens das mulheres; seus rostos, selvagens e de cores variadas, pareciam máscaras de guerra africanas sob a brutalidade da luz branca.

Depois que seus nomes, endereços e ocupações tinham sido anotados, o sargento Brody lhes perguntou as questões de rotina em uma voz metálica e impessoal:

– Aconteceu alguma discussão durante o velório? Alguma briga? Alguém de vocês ouviu o nome de Valentine Haines ser mencionado? Alguém viu o Chink Charlie Dawson deixar a sala? A que horas? Ele estava sozinho? Doll Baby saiu com ele? Antes? Depois?

– Alguém de vocês viu o reverendo Short deixar o apartamento? Sair da sala de estar? Entrar no quarto? Alguém reparou se a porta do quarto estava aberta ou fechada durante a maior parte da noite? Quanto tempo passou entre seu desaparecimento e seu retorno?

– Alguém de vocês reparou quando a Dulcy Perry deixou o apartamento? Isso foi antes ou depois de o reverendo Short retornar?

– Quanto tempo se passou entre o retorno do reverendo Short e o momento em que todos vocês olhavam pela janela para a cesta de pães? Cinco minutos? Mais? Menos? Alguém mais saiu durante esse período? Alguém sabe se Val tinha inimigos? Alguém que pudesse ter alguma diferença com ele? Ele estava metido em alguma encrenca?

Havia sete homens no camburão que não tinham

estado no velório. Brody lhes perguntou se tinham visto alguém cair pela janela da frente do terceiro andar; se tinham visto alguém passar pela rua, caminhando ou de carro. Ninguém admitiu ter visto algo. Todos juraram estar dentro de casa, deitados, tendo chegado à rua depois que as viaturas já estavam no local.

– Nenhum de vocês ouviu alguém gritar? – perguntou Brody. – Ou o som de um carro passando? Um som estranho qualquer?

Todas as suas perguntas obtiveram respostas negativas.

– Tudo bem, tudo bem – ele resmungou. – Todos vocês estavam na cama, dormindo o sono dos justos, sonhando com os anjinhos do céu... Vocês não viram nada, não ouviram nada e não sabem de nada. Tudo bem...

A todos foi pedido que examinassem a faca usada no crime, a qual Brody exibiu para cada um dos grupos. Ninguém a reconheceu.

Entre as perguntas e as respostas, a caneta do escrivão se fazia ouvir, rabiscando folhas e mais folhas de papel almaço.

À medida que os grupos entravam, o conteúdo dos bolsos de cada uma das pessoas era despejado sobre uma mesa. O sargento examinava apenas as facas. Quando as lâminas ultrapassavam os cinco centímetros permitidos pela lei, ele as inseria numa fenda entre a gaveta central e o tampo da mesa e as partia fazendo uma leve pressão para baixo. Com o passar do tempo, uma grande quantidade de lâminas partidas foi se acumulando dentro da gaveta.

Quando terminou com o último grupo, Brody olhou para o relógio.

– Duas horas e dezessete minutos – ele disse. – E tudo que descobri até agora é que os camaradas aqui do Harlem são tão respeitáveis que até suas mãos estão limpas.

– O que você esperava? – perguntou Ed Caixão.
– Que alguém entregasse o serviço?

– Quer que eu leia o que transcrevi? – perguntou o escrivão.

– Deus me livre. O boletim do legista informa que a vítima morreu no local em que foi encontrada. Mas ninguém o viu chegar. Ninguém lembra exatamente quando o Chink Charlie deixou o *flat*. Ninguém sabe quando a Dulcy Perry saiu. Ninguém sabe ao certo se o reverendo Short chegou mesmo a cair daquela maldita janela. Dá pra acreditar nisso, Coveiro?

– Por que não? Tudo pode acontecer no Harlem.

– Nós aqui do Harlem iremos acreditar em qualquer coisa – disse Ed Caixão.

– Vocês não estão querendo me sacanear, não é, companheiros? – perguntou Brody com secura.

– Só estou querendo lhe dizer que essas pessoas não são tão simplórias quanto você pensa – replicou Ed. – Você está procurando o assassino. Tudo bem, posso acreditar que qualquer um deles é o culpado, desde que encontremos provas suficientes.

– Está certo – disse Brody. – Tragam Mamie Pullen.

Quando Coveiro conduziu Mamie para dentro da sala, posicionou a cadeira que estivera usando para descansar o pé numa posição confortável, de modo que ela pudesse apoiar um braço sobre a mesa se quisesse. Em seguida, afastou-se e foi ajustar a luz para que não a incomodasse.

A primeira coisa em que o sargento Brody reparou foi no vestido de cetim negro com a barra da saia que se arrastava pelo chão, reminiscência dos rígidos uniformes que usavam as donas de cabarés nos anos 1920. Deu uma espiada nos sapatos de estilo masculino que ela usava, cujas pontas se estendiam para fora do vestido. Seu olhar demorou-se mais na jóia de platina e diamante que ela trazia no dedo anelar, nodoso e marrom. Parou também uma quantidade apreciável de tempo sobre o colar de jade branco que lhe descia até a cintura como um rosário, ornado com uma cruz negra de ônix. Então olhou para o velho rosto moreno, marcado pela dor e pela preocupação, a pele flácida abaixo do cabelo grisalho, preso e bem alinhado.

– Este é o sargento Brody, tia Mamie – disse Jones Coveiro. – Ele precisa fazer umas perguntas para a senhora.

– Como vai, sr. Brody? – ela disse, esticando a mão direita, nodosa e desprovida de ornamentos, por sobre a mesa.

– É um negócio complicado, sra. Pullen – disse o sargento, apertando-lhe a mão.

– Parece que uma morte sempre chama outra – ela disse. – Sempre foi assim, desde que me lembro. Uma pessoa morre e então desencadeia uma série interminável de mortes. Acho que isso é uma espécie de plano divino.

Então ela procurou com os olhos o rosto do policial que tinha sido tão gentil com ela e exclamou:

– Deus te abençoe, você é o pequeno Jones. Conheço você desde que era um jovenzinho chucro da 116th Street. Não fazia idéia de que você era aquele que chamam de Jones Coveiro.

Jones Coveiro riu de modo tímido, como um garotinho que tivesse sido apanhado roubando maçãs.

– Eu cresci, tia Mamie.

– Não é que o tempo voa? Como o Big Joe costumava dizer: *Tempers fugits*. Você deve estar com uns 35 anos agora.

– Trinta e seis. E aqui também está o Eddy Johnson. Ele é meu parceiro.

Ed Caixão avançou e entrou no círculo de luz. Mamie ficou pasma ao avistar seu rosto.

– Deus do céu! – ela exclamou de modo involuntário. – O que acont... – e se calou.

– Um marginal jogou um copo de ácido na minha cara.

Ele encolheu os ombros.

– São os ossos do ofício, tia Mamie. Sou um policial. Corro riscos.

Ela se desculpou.

– Lembro agora que li alguma coisa a respeito, mas não sabia que tinha sido com você. Dificilmente saio de casa, exceto para alguns passeios que dava com o Big Joe, quando ele era vivo.

Logo ela acrescentou com sinceridade:

– Espero que prendam o sujeito que fez isso com você e que joguem a chave fora.

– Ele já está a sete palmos do chão, tia Mamie – disse Ed.

Jones Coveiro então disse:

– Ed está reconstituindo a pele do rosto com enxertos tirados da coxa, mas isso leva tempo. Levará ainda um ano até que o tratamento esteja finalizado.

– Agora, sra. Pullen – intrometeu-se com firmeza o sargento –, que tal se a senhora me dissesse com suas próprias palavras o que aconteceu na sua casa na noite passada ou, melhor dizendo, esta manhã.

Ela suspirou.

– Vou lhe contar o que sei.

Quando ela terminou seu relato, o sargento disse:

– Bem, ao menos isso nos dá um retrato muito claro do que de fato aconteceu dentro da sua casa desde o momento em que o reverendo Short retornou pela escada até a descoberta do corpo. A senhora acredita que o reverendo Short caiu da janela do seu quarto?

— Oh, claro que acredito. Não haveria razão para ele dizer que tinha caído se não tivesse. Além disso, a verdade é que ele estava do lado de fora e ninguém viu ele sair pela porta.

— Você não acha isso extraordinário, ele ter caído da janela do terceiro andar?

— Bem, senhor, ele é um homem fraco e sujeito a transes. Ele pode ter entrado em transe.

— Epilepsia?

— Não, senhor, apenas transes religiosos. Ele tem visões.

— Que tipo de visões?

— Oh, de todo tipo. Ele fala sobre elas em seus sermões. É um profeta, como São João, o Divino.

O sargento Brody era católico e parecia desnorteado.

Jones Coveiro explicou:

— São João, o Divino, é o profeta que viu os sete selos e os quatro cavaleiros do apocalipse. As pessoas aqui no Harlem têm um grande respeito por São João. Ele foi o único profeta que chegou a vislumbrar os números da vitória em suas visões.

— *O Livro das Revelações* é a *Bíblia* dos adivinhos — acrescentou Ed Caixão.

— Não é apenas isso — disse Mamie. — São João viu como era maravilhoso estar no paraíso e como era terrível estar no inferno.

— Muito bem, mas voltando agora ao assassinato, o Chink Charlie teria alguma razão para tentar matar o reverendo Short? – questionou Brody. – Além, é claro, do fato do reverendo ser um profeta.

— Não, senhor, de maneira nenhuma. É que o reverendo Short ficou fora de si com a queda e não fazia a menor idéia do que estava dizendo.

— Mas ele e o Chink estiveram discutindo mais cedo.

– Não foi uma discussão de verdade. Ele e o reverendo Short apenas não concordavam a respeito do tipo de pessoa que eu deveria receber no velório. Mas isso não era da conta de nenhum dos dois.

– Houve alguma desavença entre a Dulcy e o reverendo Short?

– Desavença? Não, senhor. O problema é que o reverendo Short pensa que a Dulcy precisa ser salva, enquanto ela aproveita cada oportunidade que tem para exasperá-lo. Mas no fundo eu suspeito que ele nutre por ela uma paixão recolhida, uma paixão que ele não revela por ser um pastor e ela uma mulher casada.

– Como era o reverendo com o Johnny e o Val?

– Os três se respeitavam mutuamente, e isso era tudo.

– Quanto tempo se passou da hora que a Dulcy deixou o apartamento e o momento em que a senhora foi até a janela e viu o corpo?

– Foi praticamente instantâneo – ela declarou com firmeza. – Ela não tinha nem terminado de descer a escada.

Ele fez mais algumas perguntas sobre os convidados do velório, mas não conseguiu estabelecer nenhuma conexão com a morte do Val.

Partiu, então, para um novo enfoque.

– Você seria capaz de reconhecer a voz do homem que telefonou para a senhora depois que o corpo foi descoberto?

– Não, senhor. A voz estava muito longe e abafada.

– Mas quem quer que fosse o autor da ligação, ele sabia que um cadáver estava ali dentro daquela cesta de pães?

– Não, senhor, é como lhe disse anteriormente. O autor da ligação não falava sobre o Val, e sim sobre o reverendo Short. Ele tinha visto o reverendo cair e pensou que ele estivesse morto sobre a cesta. Foi por isso que ele telefonou. Tenho certeza disso.

— Como ele poderia saber que o reverendo estava morto sem ter se aproximado o suficiente do corpo para examiná-lo?

— Não faço idéia, senhor. Acho que foi o que lhe ocorreu. Qualquer um pensaria o mesmo vendo um corpo cair pela janela do terceiro andar. E depois ele ficou lá estendido sobre a cesta sem se mexer.

— Mas, de acordo com as testemunhas, o reverendo Short se levantou e subiu a escada sem a ajuda de ninguém.

— Bem, não posso dizer como isso aconteceu. Tudo que sei é que alguém telefonou e, quando eu disse que ele tinha sido esfaqueado, quero dizer, o Val, bateram o telefone na minha cara, como se tivessem sido surpreendidos.

— Não poderia ser o Johnny Perry?

— Não, senhor, tenho certeza absoluta de que não era ele. E tenho certeza de que se alguém pudesse reconhecer sua voz, esse alguém, pelo tempo de convivência, seria eu.

— Ele é seu enteado? Ou afilhado?

— Bem, ele não é exatamente nada disso, mas o queremos como a um filho, porque quando ele saiu da cadeia...

— Que cadeia? Onde?

— Na Geórgia. Ele cumpriu uma temporada nos trabalhos forçados.

— Pelo quê?

— Matou um homem que batia na sua mãe: seu padrasto. Pelo menos ela era esposa desse sujeito de papel passado, a mãe dele, mas a mulher não prestava, e Johnny sempre foi um bom garoto. Deram um ano para ele de pena.

— Quando foi isso?

— Faz 26 anos que ele saiu. Enquanto ele estava preso, sua mãe fugiu com outro homem. Na mesma época, Big Joe e eu estávamos para vir pro Norte. Quando subimos, trouxemos ele junto com a gente. O rapaz tinha apenas vinte anos.

— O que o coloca agora com 46.

— Sim, senhor. Na época, Big Joe conseguiu um trabalho pra ele no vagão.

— Como garçom?

— Não, senhor, como ajudante de cozinha. Não podia atender às mesas com aquela cicatriz.

— Como foi que ele a arranjou?

— Nos trabalhos forçados. Ele e outro condenado se atacaram com picaretas por causa de um jogo de cartas. O Johnny sempre teve o pavio curto, e aquele condenado o acusou de trapaceá-lo por um níquel. E o Johnny sempre foi honestíssimo.

— Quando foi que ele abriu seu clube de jogo aqui nessas bandas?

— O clube Tia Juana? Há uns dez anos. O Big Joe lhe deu um suporte. Mas antes disso ele tinha tido uma pequena banca de jogo.

— Foi quando ele se casou com a Dulcy, digo, sra. Perry? Quando ele abriu o clube Tia Juana?

— Oh, não, não, não, ele casou com ela apenas um ano e meio atrás, 2 de janeiro do ano passado, um dia depois do *réveillon*. Antes disso ele era casado com a Alamena.

— Ele é casado com a Dulcy ou apenas vive com ela?

O sargento lançou a ela um olhar de cumplicidade. Ela endireitou as costas.

— O casamento deles foi feito nos conformes. Eu e o Big Joe fomos testemunhas. Eles se casaram na sede da prefeitura.

O sargento ficou vermelho como um pimentão.

Coveiro disse suavemente:

– Casais costumam se casar no Harlem.

O sargento Brody sentiu que pisava em falso e resolveu seguir outra linha de investigação.

– O Johnny anda com muito dinheiro vivo?

– Não sei, senhor.

– Sabe se ele tem dinheiro no banco, se tem propriedades?

– Não, senhor. Talvez o Big Joe soubesse, mas ele nunca me falou nada a respeito.

Desistiu dessa linha também.

– A senhora se importa de me contar o que a senhora e a Dulcy, isto é, a sra. Perry, tinham de tão importante para conversar que tiveram que se trancar no banheiro?

Ela hesitou em responder e olhou para Coveiro como que a pedir auxílio. Ele disse:

– Não estamos atrás do Johnny, tia Mamie. Isto não tem nada a ver com as casas de jogos ou imposto de renda ou problemas com a Receita Federal. Queremos apenas encontrar o assassino.

– Deus, é um mistério saber quem poderia querer machucar o Val. Ele não tinha um inimigo sequer no mundo.

O sargento deixou a declaração passar sem objeção.

– Então Val não era o assunto da conversa entre a Dulcy e a senhora?

– Não, senhor. Apenas perguntei a ela sobre uma desavença que o Johnny e o Chink tiveram no Dickie Wells na noite do último sábado.

– Sobre o quê? Dinheiro? Dívidas de jogo?

– Não, senhor. O Johnny tem um ciúme doentio da Dulcy, algum dia ainda vai matar alguém por causa disso. E o Chink acredita ser uma bênção para o sexo oposto.

Está sempre dando em cima da Dulcy. O pessoal diz que isso não significa nada, mas...

– Que pessoal?

– Bem, o Val e a Alamena e inclusive a própria Dulcy. Mas não há jeito de dizer que um homem que fica dando em cima de uma mulher não quer nada com nada. Além disso, o Johnny é muito ciumento, tem o pavio curto. Tenho muito medo que essa história termine em sangue.

– E qual é o papel do Val nessa confusão?

– O Val sempre tentou ser apenas um pacificador. É claro que ele estava do lado do Johnny. Passava a maior parte do tempo, ao que parece, tentando evitar que o Johnny se metesse em encrencas. Mas também não tinha nada contra o Chink.

– Então os inimigos do Johnny também eram seus inimigos?

– Não, senhor, eu não diria isso. O Val não era o tipo de pessoa que cultivava inimigos. Ele e o Chink sempre se deram bem.

– Quem é a mulher do Val?

– Ele nunca teve uma fixa. Não que eu saiba. Tinha apenas casos. Acho que o último foi com a Doll Baby. Mas não era do tipo que gostasse de ficar preso a uma garota.

– Diga-me uma coisa, sra. Pullen: a senhora reparou algo estranho em relação ao corpo?

– Bem – ela respondeu, franzindo o cenho –, não reparei. É claro que não pude olhá-lo de perto. Vi o corpo da minha janela. Mas não notei nada de estranho.

O sargento ficou a encará-la.

– A senhora não diria que é estranho o fato dele ter uma faca enterrada no coração?

– Oh, o senhor se refere ao fato dele ter sido esfaqueado. Sim, senhor, acho isso estranho. Não consigo imaginar alguém que quisesse matar o Val.

O sargento continuava com os olhos fixos em Mamie, sem conseguir imaginar muito bem o que faria com aquele depoimento.

– Se isso tivesse acontecido com o Johnny e não com o Val, não lhe pareceria nada estranho, não é?

– Não, senhor.

– Mas não lhe parece estranho que ele tenha sido encontrado caído sobre aquela mesma cesta de pães que apenas alguns minutos atrás tinha aparado a queda do reverendo Short de sua janela?

Pela primeira vez, o rosto dela assumiu um aspecto amedrontado.

– Sim, senhor – ela respondeu num sussurro, apoiando-se na mesa. – Terrivelmente estranho. Só Deus sabe como ele foi parar ali.

– Negativo. O criminoso também sabe.

– Sim, senhor. Mas há uma coisa, sr. Brody. Não foi o Johnny. Podia não morrer de amores por seu cunhado, mas o tolerava em consideração a Dulcy, e não deixaria ninguém tocar num fio de cabelo da cabeça dele, quanto mais fazer algo com as próprias mãos.

Brody pegou a faca usada no crime de dentro da gaveta e a depôs sobre a mesa.

– A senhora já viu esta faca anteriormente?

Ela a examinou com os olhos, mais com curiosidade do que horror.

– Não, senhor.

O sargento mudou de assunto.

– Quando será o funeral?

– Às duas da tarde de hoje.

– Tudo bem, a senhora pode ir agora. Saiba que nos ajudou bastante.

Ela se levantou devagar, apoiando as mãos no tampo da mesa. Em seguida, estendeu sua mão ao sargento Brody com a cortesia de uma sulista legítima.

O sargento Brody não estava acostumado com esse tipo de cumprimento. Ele era a lei. As pessoas no lado oposto de sua mesa normalmente eram contraventores. Viu-se tão confuso que se pôs de pé com dificuldade, derrubando sua cadeira, chacoalhando a mão que ela lhe tinha oferecido para cima e para baixo, seu rosto brilhando como uma lagosta que recém tivesse sido fervida.

– Espero que tudo dê certo no seu funeral, sra. Pullen... quer dizer, no funeral do seu marido.

– Muito obrigada, senhor. Tudo que nos resta fazer agora é enterrá-lo e orar por sua alma.

Jones Coveiro e Ed Caixão avançaram e a escoltaram com deferência até a porta, mantendo-a aberta para lhe dar passagem. Seu vestido negro de cetim se arrastava pelo chão, levantando a poeira que pousava sobre seus sapatos fechados.

O sargento Brody não suspirou. Orgulhava-se do fato de nunca ter emitido um suspiro. Mas, ao dar uma olhada outra vez para o relógio, seu aspecto indicava que teria adorado deixar o ar escapar.

– São dez e vinte. Vocês acham que terminamos antes do almoço?

– Vamos tocar logo o que falta – disse Ed Caixão de modo severo. – Passamos a noite em claro e estou com tanta fome que seria capaz de comer um cachorro.

– Vamos ouvir o pastor, então.

Ao avistar a banquetinha mergulhada no centro do foco de luz, o reverendo Short se agarrou aos batentes da porta, tremendo como uma ovelinha encurralada.

– Não! – ele grasniu, tentando retornar ao corredor. – Não vou entrar ali.

Os dois policiais que o tinham conduzido do setor de detenção agarraram seus braços e o obrigaram a entrar.

Lutou para se livrar de suas mãos, executando movimentos que lembravam os de um dançarino. Veias irromperam em sua testa ossuda. Seus olhos saltaram por trás de seus óculos de armação dourada como um inseto sob um microscópio, e seu pomo-de-adão agitava-se de lá para cá como uma bóia atada a uma linha de pesca.

– Não! Não! Esta sala está assombrada pelas almas dos cristãos torturados – ele gritou.

– Vamos lá, garotão, encerre a performance – disse um dos policiais, agarrando-o com mais força. – Nenhum cristão vai parar ali dentro.

– Sim! Sim! – ele gritou com sua voz rascante. – Escuto seus lamentos. É a câmara da Inquisição. Sinto o cheiro de sangue dos martirizados.

– Vai ver que é seu nariz que está sangrando – disse o outro policial, tentando ser engraçado.

Os dois policiais o ergueram, os pés e as pernas se debatendo grotescamente como as de uma marionete que fosse enforcada, carregando-o através da sala, e o depuseram sobre o banquinho.

Os três interrogadores olharam-no sem se mover. A cadeira que tinha sido ocupada por Mamie Pullen mais uma vez servia de apoio ao pé de Jones Coveiro. Ed Caixão voltara para seu canto escuro.

– Césares! – urrou.

Os policiais continuaram a ladeá-lo, as mãos depostas sobre seus ombros.

– Cardeais! – gritou. – O senhor é meu pastor e nada temerei.

Seus olhos tinham um brilho insano.

O sargento Brody continuava com o rosto impassível. Ainda assim, disse:

– Não há ninguém aqui além dos rapazotes, reverendo.

O reverendo Short se inclinou para frente e deu uma espiada na escuridão, como se tentasse avistar uma figura que estivesse encoberta pela neblina.

– Se o senhor é um oficial da polícia, então quero informar que o Chink Charlie me empurrou da janela a fim de me matar, mas Deus colocou o corpo de Cristo junto ao chão para amortecer a minha queda.

– Era uma cesta de pães – corrigiu o sargento.

– O corpo de Cristo – insistiu o reverendo Short.

– Tudo bem, reverendo, chega dessa comédia – disse Brody. – Se o senhor quiser alegar insanidade, está no caminho certo. Ninguém aqui está acusando o senhor de nada.

– Foi aquela Jezebel da Dulcy Perry que o esfaqueou com a arma que o Chink Charlie lhe deu para cometer o crime.

Brody se curvou um pouco para frente.

– O senhor o viu entregar a faca a ela?

– Sim.

– Quando?

– Um dia depois do Natal. Ela estava sentada no carro dela em frente à minha igreja e achou que ninguém estava vendo. Ele apareceu e foi se sentar ao lado dela, passou-lhe a faca e lhe mostrou como usá-la.

– Onde o senhor estava?

– Eu olhava a cena pela fresta da janela. Sabia que havia alguma coisa suspeita no fato dela ter vindo até a minha igreja fazer uma doação de roupas para caridade.

– Ela e o Johnny eram membros de sua igreja?

– Eles se diziam membros só porque o Big Joe Pullen era um membro, mas eles nunca aparecem por lá porque não gostam de rolar.

Coveiro percebeu que Brody não tinha entendido a afirmação. Assim, resolveu explicar:

– Trata-se de uma Igreja dos Sagrados Roladores. Quando os membros ficam felizes, eles rolam pelo chão.

– Com as esposas uns dos outros – acrescentou Ed Caixão.

O rosto de Brody meio que se afrouxou, e o escrivão, boquiaberto, parou de escrever.

– Eles ficam vestidos – emendou o Coveiro. – Apenas rolam pelo chão e têm convulsões, sozinhos e aos pares.

O escrivão pareceu desapontado.

– A-ham – disse Brody, limpando a garganta. – Então, quando você primeiramente olhou pela janela, avistou o corpo do Val caído sobre a cesta de pães com a faca enterrada nele. E reconheceu a faca como aquela que o senhor tinha visto o Chink Charlie entregar para a Dulcy Perry?

– Naquele momento não havia nenhuma cesta lá – afirmou o reverendo Short.

O sargento Brody piscou.

– O que havia lá então?

– Um policial de cor e um homem branco perseguindo um ladrão.

– Ah, então o senhor viu isso? – perguntou Brody, finalmente conseguindo algo em que pudesse cravar os dentes. Bem, é provável que o senhor então, de fato, tenha visto o crime ser cometido.

– Vi quando ela o esfaqueou – declarou o reverendo Short.

– O senhor não poderia tê-la visto, pois ela ainda nem tinha saído do apartamento – disse Brody.

– Mas não foi nesse momento. Naquele instante eu estava sendo empurrado pela janela. Eu não vi a cena senão quando retornei para a sala.

– Para que sala?

– A sala em que estava o caixão.

Brody o encarou fixamente e então, aos poucos, começou a ruborizar.

– Escute, reverendo – ele advertiu. – Isto é coisa séria. Isto é uma investigação criminal. Não é lugar para brincadeiras.

– Não estou brincando – disse o reverendo Short.

– Tudo bem. Então o senhor está dizendo que imaginou tudo isso?

O reverendo Short endireitou as costas e encarou Brody tomado de indignação.

– Enxerguei a cena numa visão.

– E foi nessa visão que o senhor se viu empurrado pela janela?

– Foi depois que eu fui empurrado pela janela que tive essa visão.

– O senhor tem essas visões com freqüência?

– Regularmente, e elas sempre se mostram verdadeiras.

– Tudo bem. Então como foi que ela o matou, na sua visão, é claro?

– Ela desceu pelo elevador, e quando ela saiu do prédio lá estava o Valentine Haines deitado sobre a cesta de pães em que eu tinha caído...

– Pensei que o senhor tivesse dito que não havia nenhuma cesta?

– Não estava lá, mas o corpo de Cristo se transformou numa cesta de pães, e era sobre os pães que ele estava deitado quando ela tirou a faca do bolso e o esfaqueou.

– O que o Val estava fazendo ali?

– Estava deitado, esperando que ela saísse.

– Para esfaqueá-lo, suponho.

– Ele não esperava que ela o esfaqueasse. Ele nem ao menos sabia que ela estava com uma faca.

– Tudo bem. Não engulo nada dessa sua história. O senhor, de fato, viu alguém sair do apartamento, digo, sair de verdade do apartamento quando estava lá embaixo?

– Meus olhos estavam velados. Sabia que uma visão estava vindo.

– Tudo bem, reverendo, vou liberá-lo – disse Brody, dando uma olhada no conteúdo dos bolsos do reverendo Short, que estava espalhado sobre a mesa.

– Para quem, no entanto, chama a si mesmo de um ministro do evangelho, o senhor foi muito pouco prestativo.

O reverendo Short não se moveu.

Brod empurrou a *Bíblia* de bolso, um lenço, um molho de chaves e uma carteira através da mesa, hesitando ao apanhar um frasco de remédio. Num súbito impulso ele abriu a rolha e deu uma cheirada. Ficou perplexo. Levou o remédio aos lábios e o experimentou, cuspindo em seguida o resto que ficara na boca no chão.

– Jesus Cristo! – exclamou. – *Brandy* de pêssego com láudano. O senhor bebe esse negócio?

– É para os meus nervos – disse o reverendo Short.

– Para suas visões, o senhor quer dizer. Se eu bebesse uma coisa dessas, também teria visões.

Voltando-se para os policiais, Brody disse enojado:

– Levem-no daqui.

De repente, o reverendo começou a gritar:

– Não a deixem escapar! Prendam-na! Queimem-na! Ela é uma bruxa! Ela está de conluio com o diabo! E o Chink é seu cúmplice!

– Cuidaremos dela – disse um dos policiais, tratando de agradá-lo enquanto o erguia do banquinho. – Também temos um lugar especial para feiticeiras e mágicos. É melhor o senhor tomar cuidado.

O reverendo Short se livrou das mãos dos policiais e desabou no chão. Começou a rolar e a se debater convulsivamente, a boca espumando como se estivesse tendo uma convulsão.

– Agora entendo o que você quis dizer com rolador sagrado – disse Brody.

O escrivão riu em silêncio.

– Não, isto é, provavelmente, uma nova visão chegando – disse Coveiro com o rosto sério.

Brody olhou para ele com rispidez.

Os policiais pegaram o reverendo Short pelos pés e ombros e o carregaram em conjunto. Depois de um momento, um deles voltou para recolher os pertences do reverendo.

– Ele é louco ou estava apenas encenando? – perguntou Brody.

– Talvez os dois – respondeu Coveiro.

– Apesar de tudo, deve haver alguma verdade no que ele disse – arriscou Ed Caixão. – Pelo que lembro da minha *Bíblia*, todos os profetas ou eram loucos, ou epiléticos.

– Tudo bem, gostei de algumas coisas que ele disse – admitiu Brody. – O que não gostei foi do modo como ele as disse.

– Quem é o próximo?

– Vamos ver a primeira esposa do Johnny – disse Brody.

Alamena entrou docilmente, tateando a gola alta que lhe cobria o pescoço, como uma garota que já tivesse estado por ali e soubesse exatamente o que esperar.

Sentou-se no círculo de luz e cruzou as mãos sobre o colo. Não usava qualquer tipo de jóia.

– Como devo chamá-la? – perguntou Brody.

– Apenas Alamena – ela respondeu.

– Ótimo. Agora me faça um rápido histórico do Val e da Dulcy.

– Não há muito a dizer. A Dulcy chegou aqui para cantar no Cabaret Small, alguns anos atrás, e após seis meses ela enlaçou o Johnny e passou a levar uma boa vida. Val veio para o casamento e acabou ficando.

– Quem foram os namorados da Dulcy antes dela se casar?

– Ih, ela andava por aí, prospectando.

– E quanto ao Val? Ele também andava prospectando?

– Por que andaria? Tinha uma queixa contra ele antes mesmo de chegar aqui.

– Então ele só ajudava no clube? – sugeriu Brody.

– Nada que se pudesse notar – ela disse. – De qualquer modo, o Johnny jamais confiaria em Val para apostar seu dinheiro.

– O que estava acontecendo exatamente entre a Dulcy e o Chink e o Val e o Johnny?

– Que eu saiba, nada.

– Tudo bem, tudo bem. Quem eram os inimigos do Val?

– Ele não tinha inimigos. Não era esse tipo de pessoa.

O sangue subiu ao rosto de Brody.

– Mas que diabos, até parece que foi ele mesmo quem meteu a faca no coração.

– Algo assim já foi feito – ela disse.

– Mas não é o caso aqui. Nós sabemos disso. Por outro lado, não há qualquer sinal de que ele estivesse bêbado ou drogado. Claro, o legista não pode ter certeza absoluta antes da autópsia. Mas vamos apenas imaginar que ele estivesse deitado lá, naquela hora da manhã, na cesta de pães. Por quê?

– Talvez ele estivesse de pé e tenha caído sobre os pães ao ser esfaqueado.

– Não, ele foi esfaqueado enquanto estava deitado ali. E pelo estado dos pães, com certeza ele sabia que alguém ou alguma coisa já havia se apoiado sobre a cesta. Talvez ele tivesse visto o reverendo Short cair pela janela. É por isso que neste momento quero lhe fazer uma única pergunta, bastante simples: por que ele se deitaria ali de livre e espontânea vontade, deixando que alguém se debruçasse sobre ele e lhe desse uma facada mortal sem esboçar qualquer tipo de defesa?

– Ninguém espera ser esfaqueado mortalmente por um amigo que parece estar só de brincadeira – ela disse.

Sem perceber, os três detetives ficaram tensos.

– Você acha que foi um amigo que fez isso?

Ela encolheu os ombros, fazendo um gesto muito sutil com as mãos.

– Vocês não acham?

Brody tirou a faca de dentro da gaveta. Ela a olhou com indiferença, como se já tivesse visto milhares de facas.

– É esta?

– Parece com ela.

– Você já tinha visto a faca anteriormente?

– Não que eu me lembre.

– Seria capaz de lembrar se a tivesse visto?

– Todos no Harlem carregam uma faca. Você acha que eu seria capaz de reconhecer as facas que cada um carrega assim de vista?

– Não é todo mundo no Harlem que carrega este tipo de faca – disse Brody. – Está é uma arma feita a mão, importada da Inglaterra e feita com aço de Sheffield. O único lugar que descobrimos até agora em Nova York que poderia vender um artigo como este é na Abercrombie & Fitch's, nas proximidades da Madison Avenue. Custa vinte pratas. Você consegue imaginar um vagabundo do Harlem indo até o centro e desembolsando vinte pratas numa faca importada de caçador para depois deixá-la cravada na vítima?

A pele do rosto dela adquiriu uma estranha coloração, de um amarelo sujo, e seus olhos castanhos pareciam assombrados.

– Por que não? É um país livre – ela sussurrou. – Pelo menos é o que dizem.

– Você está dispensada – disse Brody.

Ninguém se moveu quando ela levantou, atravessou a sala e saiu, caminhando da maneira cega e endurecida como caminham os sonâmbulos.

Brody tateou os bolsos de seu casaco em busca do cachimbo e do saco plástico de tabaco. Levou algum tempo socando o fumo, riscou um fósforo na ponta da mesa em seguida e acendeu o cachimbo.

– Quem cortou a garganta dela? – perguntou por entre a nuvem de fumaça, segurando o cachimbo entre os dentes.

Coveiro e Ed Caixão evitaram um contato visual, e ambos pareciam estranhamente embaraçados.

– O Johnny – disse finalmente Jones Coveiro.

Brody ficou paralisado, mas relaxou tão depressa que mal se pôde perceber.

– Ela prestou queixa contra ele?

– Não. O fato foi considerado um acidente.

O escrivão deteve a tomada de notas e arregalou os olhos.

– Como, diabos, alguém pode ter sua garganta cortada acidentalmente? – perguntou Brody.

– Ela disse que ele não pretendia fazer isso... que ele estava apenas brincando.

– Brincadeira pesada – comentou o escrivão.

– E por que ele fez uma coisa dessas? – insistiu Brody. – Por quê?

– Porque ela não largava do seu pé – disse Coveiro. – Ele queria ficar com a Dulcy e ela não o liberava.

– E continua com ele até hoje.

– Por que não? Ele lhe cortou a garganta, e agora ela conseguiu amarrá-lo pelo resto da vida.

– É um jeito estranho de segurar um homem, é só o que posso dizer.

– Talvez. Mas não se esqueça que isto aqui é o Harlem. O pessoal aqui se dá por satisfeito pelo simples fato de continuar vivo.

7

O próximo a ser chamado foi Chink.

Começou dizendo que tinha estado em seu quarto, no início da noite, em uma pequena roda amigável de pôquer. O jogo terminara à uma e meia e ele tinha chegado ao velório por volta das duas da manhã. Ele tinha deixado o velório faltando cinco minutos para as quatro a fim de manter um *tête-à-tête* com Doll Baby na quitinete dela que ficava no prédio ao lado.

– Você olhou para o relógio quando saiu? – perguntou Brody.

– Não, quando já estava no elevador.

– Onde estava exatamente o reverendo Short quando você saiu?

– O reverendo Short? Sei lá, não estava prestando atenção nesse tipo de coisa.

Fez uma pausa curta, como se estivesse tentando lembrar de algo, e disse:

– Acho que ele estava de pé ao lado do caixão, mas não tenho certeza.

– O que estava acontecendo do lado de fora quando você chegou à rua?

– Nada. Um policial de cor estava por ali, guardando da calçada a loja da A&P. Talvez ele possa se lembrar de mim.

– Havia mais alguém com ele?

– Não, a não ser que estivesse acompanhado por um fantasma.

– Tudo bem, filho, vamos cortar a comédia e ir direto aos fatos – disse Brody com irritação.

Chink disse que ficara esperando por Doll Baby no saguão e que os dois tinham subido até o apartamento dela, que ficava nos fundos do segundo andar. Mas ela não estava muito a fim do negócio, e ele acabou indo buscar uns baseados com um amigo que vivia num local descendo a rua.

– Onde? – perguntou Brody.

– Tente descobrir – disse Chink com ar desafiador.

Brody deixou passar.

– Havia alguma pessoa na rua naquele momento? – perguntou.

– Logo que eu pisei na calçada, Dulcy Perry saiu da porta ao lado, e nós dois vimos o corpo do Val ao mesmo tempo sobre a cesta de pães.

– Você já tinha percebido a cesta antes?

– Claro. Estava cheia de pães achatados.

– Não havia mais ninguém à vista quando você e Dulcy se encontraram?

– Ninguém.

– Como ela reagiu ao ver o corpo do irmão?

– Ficou enlouquecida.

– O que ela disse?

– Não consigo lembrar.

Brody lhe mostrou a faca.

Chink admitiu que ela se parecia com a faca que estava enterrada no corpo do Val, mas negou tê-la visto anteriormente.

– Em seu testemunho, o reverendo Short afirmou ter visto você entregar esta faca para Dulcy Perry na frente da igreja dele, um dia depois do Natal. Além disso, o reverendo disse que você mostrou a ela o modo de usá-la – disse Brody.

O rosto amarelo de Chink empalideceu a ponto de ganhar uma coloração que lembrava a de uma folha suja.

– Aquele pastor filho-da-puta encheu a cara com seu extrato de ópio com *brandy* de cereja – disse num acesso de fúria. – Não dei porra nenhuma de faca para a Dulcy nem vi essa arma antes desta noite.

– Mas você andava atrás dela como um cachorro atrás de uma cadela no cio – inferiu Brody. – Todos dizem isso.

– Não se pode condenar um homem por tentar – redargüiu Chink.

– Não, mas este mesmo homem pode matar o irmão da mulher caso ele tente se pôr no caminho – disse Brody.

– Val não era problema – murmurou Chink. – Ele teria até me facilitado as coisas se não fosse por medo do Johnny.

Brody pediu que entrassem os policiais armados.

– Prendam-no – ordenou.

– Quero chamar meu advogado – exigiu Chink.

– Deixem que ele chame seu advogado – disse Brody. Então perguntou se eles haviam detido Doll Baby Grieves.

– Há muito tempo – respondeu um deles.

– Tragam-na.

Doll Baby tinha trocado de roupa e agora vinha num vestido que ainda parecia uma camisola disfarçada. Sentou-se no banquinho sob o círculo de luz e cruzou as pernas como se gostasse de ser iluminada daquela maneira numa sala em que estavam três homens, mesmo que fossem policiais.

Ela confirmou o depoimento de Chink, com exceção da maconha. Disse que ele tinha ido atrás de sanduíches.

– Você não tinha comido o suficiente lá no velório? – perguntou Brody.

– Bem, nós estávamos apenas conversando, e isso sempre me dá muita fome – ela respondeu.

Brody perguntou sobre a relação dela com Val, e ela disse que os dois estavam comprometidos.

– E você estava se divertindo com outro homem em seu próprio quarto na calada da noite?

– Bem, também não é assim. Afinal, esperei pelo Val até às quatro. Foi quando me dei conta que ele tinha ido caçar alguma mulher – disse, dando risinhos. – E o que é bom para o ganso também é bom para a gansa.

– Você esqueceu que estamos falando de um homem que agora está morto? – Brody tratou de lembrá-la.

Subitamente, ela assumiu uma postura sóbria e um ar de tristeza apropriado.

Brody lhe perguntou se ela havia visto alguém no momento em que saiu do velório. Ela disse ter avistado um policial de cor junto ao gerente da loja A&P, que logo saiu com o carro. Ela reconheceu o gerente porque costumava comprar naquele estabelecimento. O policial ela conhecia pessoalmente. Ambos a tinham cumprimentado.

– Quando foi a última vez que você viu o Val? – perguntou Brody.

– A gente se encontrou por volta das dez e meia.

– Ele tinha comparecido ao velório?

– Não, ele disse que vinha de casa. Liguei para o sr. Small e consegui uma noite de folga para ajudar no velório do Big Joe. Geralmente, eu trabalho das onze às quatro. Bem, eu e o Val ficamos conversando até a uma e meia.

– Você tem certeza do horário?

– Sim, ele olhou para o relógio e disse que era uma e meia, que tinha que sair dentro de uma hora, pois tinha que passar no clube do Johnny antes de ir até o velório, e eu disse que queria comer frango frito.

– Você não gosta da comida da Mamie Pullen – sugeriu Brody.

– Oh, nada disso, a comida dela é ótima, mas eu estava faminta.

– Você é uma garota faminta.

Ela emitiu novamente seus risinhos.

– Conversar sempre me deixa com fome.

– Aonde vocês foram comer seus frangos fritos?

– Pegamos um táxi e fomos até o College Inn na 151th Street com a Broadway. Ficamos lá por uma hora, e então ele olhou para o relógio e disse que eram duas e meia, que iria até o clube do Johnny e que me encontraria dentro de uma hora lá no velório. Pegamos um táxi e ele me deixou em frente à casa da Mamie e seguiu em direção ao centro até o clube.

– A que gangue ele pertencia? – disparou Brody contra ela.

– Gangue? Ele não pertencia a nenhuma. Era um cavalheiro.

– Quem eram seus inimigos então?

– Ele não tinha inimigos. A não ser que tenha sido o Johnny.

– Por que o Johnny?

– O Johnny pode ter se cansado de tê-lo por perto todo tempo. O Johnny é um cara estranho e tem um temperamento infernal.

– E que tal o Chink? O Val não se ressentia da familiaridade do Chink com a noiva dele?

– Ele não conhecia esse bastardo.

Brody lhe mostrou a faca. Ela negou ter visto a arma anteriormente.

Ele a liberou.

Dulcy foi a próxima a ser trazida. Estava acompanhada do advogado de Johnny, Ben Williams.

Ben era um mulato de cerca de quarenta anos, um pouco acima do peso, com cabelos limpos e encaracolados e um bigode grosso. Ele usava um terno trespassado de flanela cinza, óculos com armação de osso e sapatos pretos tradicionais, muito comuns aos profissionais do Harlem.

Brody pulou as questões de rotina e perguntou a Dulcy:

— Você foi a primeira pessoa a descobrir o corpo?

— Você não precisa responder a esta pergunta — apressou-se em dizer o advogado.

— Por que, diabos, ela não responderia? — perguntou Brody num arroubo.

— A Quinta Emenda — declarou o advogado.

— Isto não é uma investigação comunista — disse Brody incomodado. — Posso mantê-la como testemunha material e deixá-la falar para o Grande Júri, se é isso o que o senhor quer.

O advogado pareceu meditar.

— Muito bem, você pode responder — ele disse a Dulcy. Após esse incidente, ele permaneceu calado; já havia faturado seu dinheiro.

Ela disse que Chink estava parado junto à cesta de pães quando ela saiu porta afora.

— Você tem certeza disso? — perguntou Brody.

— Não sou cega — ela retorquiu. — Ver o Chink ali foi o que me fez baixar os olhos para ver o que ele estava olhando. Foi quando avistei o Val.

Brody deixou o assunto em suspenso por um instante e começou a questioná-la sobre o início de sua carreira no Harlem. A essência do que ela disse já tinha sido estabelecida anteriormente.

— Seu marido dava a ele alguma espécie de auxílio financeiro? — perguntou Brody.

— Não, ele simplesmente enfiava dinheiro nos bolsos do Val toda vez que ele pedia algum emprestado, além de deixar que ele o vencesse no jogo vez ou outra. Então dei a ele o que podia.

– Por quanto tempo ele esteve envolvido com a Doll Baby?

Ela riu, sarcástica.

– Envolvido! Ele apenas mantinha encontros regulares com aquela piranha.

Brody desistiu de seguir por esse caminho e repetiu as questões sobre a possibilidade de Val participar de uma gangue, sobre os inimigos, se ele carregava uma grande quantia de dinheiro quando foi morto, e pediu a ela que descrevesse as jóias que ele estava usando. O relógio de pulso, o anel de ouro e as abotoaduras conferiam com os que foram achados com o corpo. Ela disse que os 37 dólares encontrados na carteira dele condiziam com o que era esperado.

Então Brody se deteve sobre a questão temporal.

Ela disse que Val tinha saído de casa por volta das dez. Ele havia dito que iria assistir a um show no Teatro Apollo – a banda de Billy Eckstein estava tocando junto com os irmãos Nicholas – e a convidara para ir junto com ele, mas ela tinha um horário marcado na cabeleireira. Então ele acabou decidindo passar no clube e ir com o Johnny ao velório, combinando de encontrar-se com ela lá.

Ela saiu de casa à meia-noite com Alamena, que vivia num quarto alugado no andar debaixo do mesmo prédio.

– Quanto tempo você e a Mamie ficaram trancadas no banheiro? – perguntou Brody.

– Oh, cerca de meia hora. Não tenho certeza. Quando olhei para o meu relógio, eram 4h25. Foi quando o reverendo Short começou a bater na porta.

Brody lhe mostrou a faca e repetiu as palavras que o reverendo Short havia dito.

– O Chink Charlie lhe deu esta faca? – ele perguntou.

O advogado se intrometeu e disse que ela não precisava responder àquela pergunta.

Ela começou a rir de modo histérico, e levou cerca de cinco minutos até que ela se acalmasse e pudesse dizer:

– Ele devia era se casar. Fica vendo aqueles "Sagrados Roladores" todo domingo e desejando ele mesmo fazer parte da rolação.

Brody ficou vermelho.

Jones Coveiro grunhiu:

– Pensei que um pastor dos Sagrados Roladores tivesse liberdade de rolar com todas as irmãs.

– A maioria deles tem – disse Dulcy. – Mas o reverendo Short está sempre mergulhado em suas visões para rolar com alguém, a não ser que esse alguém seja um fantasma.

– Bem, por ora é isso – disse Brody. – Vou detê-la sob uma fiança de quinhentos dólares.

– Não se preocupe com isso – disse o advogado para ela.

– Não estou preocupada – ela disse.

Johnny estava quinze minutos atrasado. Seu advogado teve que ligar para o fiador para negociar a fiança de Dulcy, e ele se recusou a entrar na sala desacompanhado.

Antes que Brody pudesse disparar a primeira pergunta, o advogado apareceu com as declarações juramentadas de dois ajudantes de Johnny, Kid Nickels e Pony Boy, declarando que Johnny havia deixado o clube Tia Juana, localizado na esquina da Madison Avenue com a 124th Street, às 4h45 da manhã, sozinho. Atestavam também que Val não estivera dentro do clube durante toda aquela noite.

Sem aguardar pelo interrogatório, Johnny voluntariamente afirmou não ter visto Val desde a noite anterior, quando tinha deixado seu apartamento às nove.

— Como você se sentia tendo que sustentar um cunhado que não fazia nada para merecer o dinheiro que você lhe dava? — perguntou Brody.

— Isso não me incomodava — disse Johnny. — Se eu não cuidasse dele, sua irmã acabaria dando um jeito de lhe alcançar dinheiro, e eu não queria colocá-la no meio da história.

— Você não se ressentia com isso? — insistiu Brody.

— É como eu já lhe disse — afirmou Johnny num tom neutro. — Era algo que não me incomodava. Não era uma flor, mas também não era um espinho. Não pertencia a nenhuma gangue, não sabia jogar, não conseguiria sequer ser um cafetão. Mas eu gostava de tê-lo por perto. Ele era divertido, sempre pronto para fazer uma piada.

Brody lhe mostrou a faca.

Johnny a pegou, abriu e fechou a lâmina, deixou rolar em sua mão e depois a devolveu.

— Com uma lâmina destas se pode dar cabo de um filho-da-puta de várias maneiras — ele disse.

— Você já viu esta arma antes? — perguntou Brody.

— Se tivesse visto, teria arranjado uma igualzinha para mim — disse Johnny.

Brody lhe contou o que o reverendo Short tinha dito sobre Chink ter dado a faca a Dulcy.

Depois que Brody terminou de falar, não havia qualquer expressão no rosto de Johnny.

— Você sabe que aquele pastor é um louco de atar — ele disse. Sua voz era indiferente, não traindo qualquer emoção.

Trocaram olhares durante um tempo, ambos com o cenho fechado e sem se mover.

Então Brody disse:

— Certo, garoto, você já pode ir.

— Ótimo — disse Johnny, pondo-se de pé. — Peço apenas que não me chame de garoto.

Brody enrubesceu.

– Mas como é que devo chamá-lo, sr. Perry?

– Todos me chamam de Johnny. Será que é muito difícil me chamar assim? – perguntou.

Brody não respondeu.

Johnny saiu com o advogado colado em seus calcanhares.

Brody se pôs de pé e olhou primeiro para Jones Coveiro e depois para Ed Caixão.

– Temos algum candidato?

– Você deveria tentar descobrir quem comprou a arma – disse Coveiro.

– Isso foi a primeira coisa que mandei averiguar no início da manhã. Abercrombie e Fitch tinham seis facas similares em estoque há um ano, e até agora não venderam nenhuma.

– Bem, essa não é a única loja que vende equipamentos de caça em Nova York – argumentou Coveiro.

– Isto não vai nos levar a nada – disse Ed Caixão. – Não há jeito de saber quem comprou a arma até que saibamos por que ela foi comprada.

– Essa é a pergunta que não quer calar – disse Coveiro. – Mas é a que precisa ser respondida.

– Não concordo – disse Brody. – Uma coisa é certa: ele não foi esfaqueado por dinheiro, então deve ter sido esfaqueado por causa de uma mulher. *Churchy lay dame**, como dizem os franceses. Mas isso não significa que outra mulher não possa tê-lo feito.

Jones Coveiro tirou o chapéu e coçou seu cabelo curto e crespo.

---

* Corruptela da expressão *Cherchez la femme*, que significa que, em caso de confusão, muito provavelmente isso se deve à presença de uma mulher. (N.E.)

– Isto é o Harlem – ele disse. – Não existe no mundo outro lugar como este. Você tem que começar do zero aqui, porque este pessoal do Harlem faz coisas segundo uma razão que ninguém mais na face da Terra poderia entender. Escute esta. Dois negros piadistas, trabalhadores braçais, ambos com famílias, começaram a se cortar até a morte num bar na Fifth Avenue, junto à 118th Street, para saber se Paris era na França ou se a França era em Paris.

– Isso não é nada – gargalhou Brody. – Dois irlandeses na Cozinha do Inferno começaram a discutir e atirar um no outro até a morte para saber se os irlandeses descendiam dos deuses ou se os deuses descendiam dos irlandeses.

8

Alamena os aguardava no assento traseiro do carro. Johnny e Dulcy se sentaram no banco da frente, e o advogado foi sentar-se ao lado dela.

Uns poucos prédios rua abaixo, Johnny puxou o freio de mão e deu um cavalinho-de-pau para enquadrar Dulcy e Alamena no seu campo de visão.

– Escutem, quero vocês mulheres de bico calado sobre esse negócio. Estamos indo até o Fat's, e não quero que nenhuma de vocês dê com a língua nos dentes. Não sabemos quem é o assassino.

– É o Chink – disse Dulcy com convicção.

– Você não sabe nada sobre isso.

– É claro que sei.

Ele olhou para ela por tanto tempo que ela começou a se inquietar.

– Se você sabe o que aconteceu, então deve saber por quê.

Ela roeu com os dentes uma unha feita e disse com certa rebeldia e má vontade:

– Não sei por quê.

– Você o viu cometendo o crime?

– Não – ela admitiu.

– Então fique com essa sua maldita boca fechada e deixe os policiais descobrirem quem é o assassino – ele disse. – É pra isso que eles são pagos.

Dulcy começou a chorar.

– Você não dá a mínima pro fato dele ter sido morto – ela acusou.

– Tenho meu próprio jeito de me preocupar, e não quero ver ninguém ser enquadrado por um crime que não cometeu.

– Você está sempre querendo dar uma de Jesus Cristinho – disse Dulcy chorando. – Por que nós temos que esperar que a polícia fisgue o cara se eu sei que foi o Chink quem o matou?

– Porque qualquer um pode tê-lo assassinado. Durante toda sua vida fodida ele pediu por isso. Vocês dois, na verdade.

Ninguém disse nada. Johnny continuou olhando para Dulcy. Ela roeu mais uma de suas unhas feitas e olhou para o outro lado. O advogado se remexeu no banco como se estivesse sendo mordido por formigas. Alamena ficou observando o perfil de Johnny sem esboçar reação.

Johnny voltou ao seu lugar no banco, soltou o freio e lentamente pôs o carro em movimento.

O restaurante Fat's Down Home tinha uma fachada estreita com uma janela de vidros espelhados com cortinas. Logo acima, havia uma fachada de néon com as curvas de um homem que se assemelhava a um hipopótamo.

Antes que o enorme Cad parasse completamente, foi cercado por criancinhas negras e magras, vestidas com roupas pobres de algodão, gritando:

– Johnny Perry Quatro-Ases... Johnny Perry Rabo-de-Peixe...

Elas tocaram as laterais do carro e os brilhantes rabos-de-peixe, o que fez com que seus olhos fulgissem como se estivessem diante de um altar.

Dulcy saiu rapidamente, empurrando as crianças para o lado, e acelerou o passo cruzando a calçada estreita, seus saltos altos golpeando com fúria o pavimento, em direção à porta de vidro acortinada.

Alamena e o advogado a seguiram num passo mais vagaroso, mas não se deram o trabalho de sorrir para as crianças.

Johnny não se apressou, apagou o motor e colocou as chaves no bolso, cuidando as crianças que acariciavam o carro. Seu rosto estava imóvel, mas seus olhos revelavam contentamento. Saiu do carro e pisou na calçada, deixando a capota aberta, o sol batendo nos estofados negros de couro. Foi cercado pelas crianças, que puxavam sua roupa e pisavam em seus pés enquanto ele tentava chegar até a porta do restaurante.

Deu tapinhas nas cabeças trançadas das garotinhas negras e esquálidas, nos cabelos crespos e espetados dos garotinhos negros e esquálidos. Um pouco antes de entrar, meteu as mãos nos bolsos e tirou uns trocados, que espalhou pela rua. Deixou as crianças brigando pelas moedas.

Dentro do restaurante estava frio e tão escuro que ele teve que tirar os óculos de sol logo na entrada. O cheiro inesquecível de uísque, prostitutas e perfumes encheu suas narinas, fazendo com que se sentisse relaxado.

As luzes de parede lançavam raios suaves sobre as garrafas e sobre um pequeno bar de mogno que era comandado por um enorme negro que trajava uma camisa branca esportiva. Ao ver Johnny, ele permaneceu imóvel e em silêncio, segurando o copo que estivera polindo.

Três homens e duas mulheres se voltaram sobre os bancos compridos junto ao bar para cumprimentar Johnny. Tudo nessas figuras revelava o que eram: apostadores e cafetinas.

– A morte sempre dobra a aposta – disse uma das madames de modo simpático.

Johnny ficou à vontade, os grandes ombros perfeitamente descontraídos.

– Todos nós perderemos quando jogarmos esta mão – ele disse.

Suas vozes soavam graves e sem inflexão, a mesma entoação que usavam no clube do Johnny. Falavam à maneira que usavam em suas negociações.

– Sinto muito pelo Big Joe – disse uma das putas. – Vou sentir falta dele.

– O Big Joe era um homem de verdade – disse uma das madames.

– E isso não é algo dito da boca pra fora – os outros confirmaram.

Johnny esticou a mão por sobre o bar e apertou a gigantesca mão do *barman*.

– O que me diz, Pee Wee?

– Apenas parado aqui e lamentando baixinho, chefe. – Fez um pequeno gesto com a mão, segurando o copo parcialmente polido. – Esta é por conta da casa.

– Traga-nos uma jarra de limonada.

Johnny voltou-se em direção ao arco que levava para o refeitório que ficava nos fundos.

– Vejo você no funeral, chefe – disse uma voz às suas costas.

Ele não replicou, porque um homem distraído interrompera sua passagem com a barriga. O sujeito parecia o balão que havia desbravado a estratosfera, mas dezenas de graus mais quente. Ele usava uma camisa *démodé* de seda branca sem colarinho, fechada no pescoço com um botão de diamante, e calças pretas de alpaca; mas suas pernas eram tão grossas que pareciam ser uma só, dando às calças a aparência de uma saia-tubo. Sua cabeça marrom e redonda, que poderia funcionar como um balão de segurança caso seu estômago explodisse, estava perfeitamente raspada. Não havia um pêlo sequer acima da linha de seu peito – nem na face, nem nas narinas, nem nas orelhas ou nas pestanas –, dando a impressão de que toda sua cabeça tivesse sido escaldada e arrancada como a carcaça de um porco.

— Como isso vai nos afetar, chefe? — ele perguntou, estendendo uma mão enorme e esponjosa. Sua voz era um sussurro ofegante.

— Ninguém pode saber até que se apresentem as novas apostas — disse Johnny. — Por enquanto, todos ficam olhando para as cartas que têm nas mãos.

— O momento das apostas vem depois.

Ele olhou para baixo, mas seus pés cobertos por sapatos de feltro, plantados no chão coberto de serragem, estavam escondidos de sua visão pela barriga.

— Certamente vou odiar assistir à despedida do Big Joe.

— Perdeu seu melhor cliente — disse Johnny, rejeitando as condolências.

— Você sabe, o Big Joe nunca comia nada por aqui. Ele vinha apenas para olhar embasbacado para as batatas fritas e o os bifes que estavam nas frigideiras.

Fats fez uma pausa e então acrescentou:

— Mas ele era um homem de verdade.

— Vamos lá, Johnny, pelo amor de Deus — chamou Dulcy do outro lado do refeitório. — O funeral começa às duas, e já é quase uma da tarde.

Ela continuava com seus óculos escuros e tinha um aspecto de estrela de Hollywood em seu vestido de seda cor-de-rosa.

O refeitório era pequeno, contava com apenas oito mesas quadradas cobertas por toalhas listradas em vermelho e branco e presas ao chão coberto de serragem fresca.

Dulcy sentou-se na mesa do canto mais afastado, acompanhada pelo advogado e Alamena.

— Vou deixar você almoçar — disse Fats. — Você deve estar com fome.

— Sempre estou, não?

A serragem debaixo dos solados de borracha de

Johnny lhe dava uma sensação gostosa, e ele deixou o pensamento mergulhar velozmente rumo à época em que sua vida era boa, quando ele era apenas um garoto simples e rude na Geórgia, antes que ele tivesse matado um homem.

O cozinheiro rompeu suas reminiscências ao gritar da abertura da cozinha onde os pedidos eram deixados:

– E aí, chefe?

Johnny lhe acenou com a mão.

Outras três mesas estavam ocupadas por homens e mulheres envolvidos em negociações. O lugar era um ponto de encontro exclusivo para as putas de luxo do Harlem e para os jogadores profissionais. Todos se conheciam, assim como conheciam Johnny, a quem acenavam à medida que ele avançava.

– Uma tristeza o que aconteceu ao Big Joe, chefe.

– Não se pode parar a rodada quando um dos apostadores cai.

Ninguém mencionou Val. Ele tinha sido assassinado e ninguém sabia o autor. Não era problema de nenhum deles, exceto de Johnny, Dulcy e dos policiais. Além disso, ninguém queria tocar no assunto.

Quando Johnny ocupou seu lugar, uma garçonete apareceu com o cardápio, e Pee Wee trouxe uma jarra grande de limonada, com fatias de limão e de lima flutuando no suco entre enormes pedras de gelo.

– Quero um cingapura* – disse Dulcy.

Johnny lhe lançou um olhar reprovador.

– Bem, então me veja um conhaque com soda. Você sabe muito bem que essas bebidas geladas me dão indigestão.

---

* Drinque composto de gim, Cointreau, licor de cereja e sucos de lima e de abacaxi. (N.T.)

— Eu vou tomar um chá gelado — disse o advogado.
— A garçonete trará para o senhor — disse Pee Wee.
— Gim-tônica para mim — disse Alamena.

A garçonete veio com os talheres, copos e guardanapos, e Alamena alcançou o cardápio ao advogado.

Sorriu ao ler a lista dos pratos:

Prato do dia – Rabo de aligátor & arroz
Presunto ao forno – batatas-doces & succotash*
Miúdos de porco & couve & quiabo
Frango com bolinhos fritos – com arroz ou batata-doce
Costelas assadas
Pé de porco à moda da casa
Carne de pescoço e canjica

(Escolha entre biscoitos assados na hora ou pão de milho)

ACOMPANHAMENTOS
Couve – quiabo – arroz e ervilhas negras – espiga de milho – succotash – tomate em rodelas e pepinos

SOBREMESAS
Sorvete caseiro – torta de batata-doce – bolo de pêssego – melancia – torta de amora

BEBIDAS
Chá gelado – leitelho – chá de raiz de sassafrás – café

Ao erguer os olhos, porém, deu com o ar solene estampado na face dos outros e parou a leitura.

— Não tinha tomado café ainda — ele disse. Então se dirigiu à garçonete: — Posso pedir um prato de miolos com ovos, acompanhado por biscoitos?

---

* Prato composto de milho verde e feijão cozidos em conjunto. (N.T.)

— Sim, senhor.

— Vou ficar com o frango com bolinhos, mas quero que você me traga apenas as coxas — disse Dulcy de um modo altivo.

— Sim, madame.

— Presunto assado para mim — disse Alamena.

— Sim, madame. — Ela olhou para Johnny com olhos enamorados. — O mesmo de sempre, sr. Johnny?

Ele assentiu com a cabeça. O café-da-manhã de Johnny consistia, invariavelmente, de um prato grande de arroz, quatro fatias finas de porco frito e salgado, o caldinho da gordura sobre o arroz e uma jarra de melado negro de sorgo para colocar por cima de tudo. Junto com o prato vinham oito enormes biscoitos à moda sulista.

Ele comeu ruidosamente e sem falar. Dulcy tinha bebido três conhaques com soda e disse não estar com fome.

Johnny interrompeu sua refeição apenas para dizer:

— Coma do mesmo jeito.

Ela começou a comer, olhando para a cara dos outros fregueses, tentando pescar algum trecho de suas conversas.

Duas pessoas se levantaram em uma mesa afastada. A garçonete foi até lá recolher os pratos. Chink entrou no refeitório ao lado de Doll Baby.

Ela havia trocado de roupa e agora usava um vestido rosa de linho, decotado nas costas, e óculos escuros extremamente chamativos com armação da mesma cor do vestido.

Dulcy olhou para ela destilando veneno. Johnny bebeu dois copos de limonada gelada.

O silêncio reinava na peça.

De repente, Dulcy se levantou.

— Aonde você está indo? — perguntou Johnny.

— Quero colocar um disco — ela disse de modo desafiador. — Você tem alguma objeção?

— Sente-se — ele disse sem erguer o tom. — E não tente bancar a espertinha.

Ela obedeceu e ficou roendo outro pedaço de unha.

Alamena tocou sua garganta e olhou para seu prato.

— Peça à garçonete — ela disse. — Ela pode colocar o disco.

— Eu ia colocar aquele disco do Jelly Roll Morton, *I want a little girl to call my own**.

Johnny ergueu o rosto e olhou para ela. Em seus olhos começou a surgir um brilho de fúria.

Ela ergueu o drinque para esconder o rosto, mas sua mão tremia de tal forma que acabou derramando um pouco de bebida no vestido.

Do outro lado do refeitório, Doll Baby disse em voz alta:

— Afinal de contas, Val era meu noivo.

Dulcy endureceu de fúria.

— Sua puta mentirosa! — ela gritou de volta.

Johnny lhe lançou um olhar ameaçador.

— E se a verdade fosse descoberta, saberiam que ele foi esfaqueado para não ficar comigo — disse Doll Baby.

— Ele já estava de saco cheio de você — disse Dulcy.

Johnny deu-lhe um tapa que a fez cair da cadeira. Ela girou sobre um dos cantos da parede e se dobrou sobre o chão.

Doll Baby deixou escapar uma sonora gargalhada.

Jonny fez a cadeira girar sobre as pernas traseiras.

— Mantenha essa puta de boca fechada — ele disse.

---

* Título que poderia ser traduzido livremente por "Quero uma menina para chamar de minha". (N.T.)

Fats veio caminhando como um pato até onde ele estava e pousou sua mão inchada sobre o ombro de Johnny.

Pee Wee saiu detrás do bar e se posicionou na entrada.

Silenciosamente, Dulcy voltou a se sentar em sua cadeira.

– Faça ela ficar calada você mesmo, seu desgraçado – disse Chink.

Johnny ficou de pé. Houve uma confusão de cadeiras se arrastando nas mesas próximas à de Chink. Doll Baby deu um salto e correu para a cozinha. Pee Wee seguiu na direção de Johnny.

– Devagar, chefe – disse Pee Wee.

Fats moveu-se apressado até a mesa de Chink e disse:

– Leve ela daqui. E não ouse pôr os pés outra vez no meu estabelecimento... Aproveitando-se de mim dessa maneira...

Chink se levantou, seu rosto amarelo lívido e inchado. Doll Baby veio da cozinha e se juntou a ele. Quando deixava o local, mantendo os ombros erguidos e uma postura ereta, disse a Johnny:

– Vejo você depois, figurão.

– Veja-me agora – disse Johnny numa voz neutra, partindo em sua direção.

A cicatriz na sua testa tinha inchado e parecia viva.

Pee Wee bloqueou sua passagem.

– Não vale a pena se incomodar com um negro desses, chefe.

Fats deu um empurrão nas costas de Chink.

– Vagabundo. Você tem muita, muita sorte – ele disse ofegante. – Vá dando o fora antes que essa sua sorte acabe.

Johnny olhou para seu relógio, não dando mais atenção ao Chink.

– Temos que ir, o funeral já começou – ele disse.

– Todos nós estamos indo – disse Fats. – Mas vá na frente, porque você é o segundo na hora de prestar homenagem ao morto.

9

O calor tremeluzia do grande e brilhante Cadillac fúnebre estacionado em frente à porta da Igreja dos Sagrados Roladores, na esquina da Eighth Avenue com a 143rd Street. Um garotinho preto magricelo com grandes olhos brilhantes tocou no pára-lama incandescente e puxou bruscamente a mão de volta.

As vitrines pintadas de preto do que antes dos Sagrados Roladores assumirem o controle do local havia sido um supermercado refletiam imagens distorcidas das três limusines e dos grandes e espalhafatosos carros alinhados atrás do grande e petulante carro fúnebre como galinhas empoleiradas.

Pessoas de muitas cores, vestidas em trajes de todos os tipos, as cabeças encrespadas cobertas com chapéus de palha de todos os formatos, amontoavam-se para conseguir dar uma olhadela nas celebridades do submundo do Harlem que compareceram ao funeral de Big Joe Pullen. Senhoras negras carregavam sombrinhas de cores vibrantes e usavam óculos verdes para se protegerem do sol.

Essa gente comia fatias geladas de melancia, cuspia as sementes negras e suava nos raios verticais do sol de julho. Eles bebiam garrafas de 750 ml de cerveja e de vinho e garrafas menores de refrigerante, compradas nos mercados recheados de moscas que havia por perto. Eles chupavam barras de sorvete cobertas com chocolate da carrocinha refrigerada do homem do Good Humor*. Eles mastigavam pedaços suculentos de sanduíches de costela de porco assada, davam os ossos brilhosos para os cães e gatos que os cercavam amistosamente e as cascas de pão para os pardais do Harlem que estavam na época da troca de penas.

---

* Marca de sorvete dos Estados Unidos. (N.T.)

O lixo voava pela rua cheia de sujeira, aderindo às suas peles suadas, entrando em seus olhos empoeirados.

A confusão de vozes altas e de risos estridentes e o badalar do sino do vendedor se misturavam aos sons dos lamentos vindos da porta aberta da igreja e ao ronco dos automóveis cortando a rua em pleno verão.

Nunca se tinha visto um piquenique melhor.

Os homens suados da polícia montada em seus cavalos agitados, com os coletes abertos no colarinho e carros-patrulha com as janelas abertas andavam em comboio.

Quando Johnny deu ré em seu grande Cadillac rabo-de-peixe em uma vaga reservada e saiu com Dulcy e Alamena, um murmúrio correu pela multidão e seu nome saía de cada lábio.

O interior da igreja parecia um forno sem ventilação. Os bancos de madeira crua estavam completamente lotados com os amigos que tinham comparecido para enterrar Big Joe – jogadores, cafetões, prostitutas, acompanhantes, madames, garçons de vagões-restaurantes e os Sagrados Roladores –, mas que estavam, em vez disso, sendo cozidos.

Com suas duas mulheres, Johnny abriu caminho em direção ao banco dos enlutados. Eles acharam lugares ao lado de Mamie Pullen, Baby Sis e os homens da comitiva que levariam o caixão e que incluía o chefe dos garçons do vagão-restaurante, um homem branco; o grão-mestre da loja de Big Joe, vestido no mais impressionante uniforme azul e vermelho com fitas douradas já visto no mar ou na terra; um garçom grisalho de pés chatos conhecido como Tio Gin e dois diáconos dos Sagrados Roladores.

O caixão de Big Joe, adornado com rosas de estufa e lírios do vale, ocupava o lugar de honra em frente ao púlpito. Moscas verdes zuniam sobre o caixão.

Atrás dele, o reverendo Short pulava para cima e para baixo no frágil púlpito como um demônio com os pés quentes dançando em incandescentes chamas vermelhas.

Sua cara ossuda estava estremecendo com fervor religioso e fluindo com rios de suor que passavam por cima de seu colarinho de celulóide e encharcava o casaco de seu traje de lã. Seus óculos com armação dourada estavam embaçados. Uma faixa de suor havia se formado em suas calças ao redor de seu cinto e estava passando por seu casaco.

– E o Senhor disse – ele estava gritando, enxotando as moscas verdes que tentavam pousar em seu rosto. Ao mesmo tempo, espirrava cuspe quente como um borrifador de jardim. – *Quanto mais eu amo, mais eu me censuro e me castigo... Estão me ouvindo?*

– Sim – entoaram os membros da igreja em resposta.

– *Sejam zelosos, portanto, e arrependam-se...*

– ... arrependam-se...

– *Então eu vou pegar o meu próximo texto do Gênesis...*

– ... Gênesis...

– *O Senhor Deus fez Adão à sua imagem...*

– ... o Senhor fez Adão...

– *Pois eu sou o seu pregador e eu quero fazer uma parábola.*

– ... pregador faz parábola...

– *Aí jaz Big Joe Pullen em seu caixão, tão homem quanto Adão jamais fora, tão morto como Adão jamais será, feito à imagem de Deus...*

– ... Big Joe na imagem de Deus...

– *Adão teve dois filhos, Caim e Abel...*

– ... Caim e Abel...

– *E Caim ergueu sua mão para seu irmão no campo e enfiou uma faca no coração de Abel e o matou...*

– ... Jesus Salvador, matou-o...

— *Eu vejo Jesus Cristo deixando o céu com toda Sua grandeza, vestindo-se com os trajes de seu pregador, fazendo seu rosto negro, apontando o dedo acusador e dizendo para vocês pecadores não arrependidos: Aquele que vive pela espada morrerá pela espada...*

— *... morrer pela espada, Senhor, Senhor...*

— *Eu O vejo apontar seu dedo e dizer: Se Adão estivesse vivo hoje, ele estaria jazendo morto nesse caixão e seu nome seria Big Joe Pullen...*

— *... tende piedade, Jesus...*

— *E ele teria um filho chamado Abel...*

— *... teria um filho, Abel...*

— *E seu filho teria uma esposa...*

— *... o filho teria uma esposa...*

— *E sua esposa seria irmã de Caim...*

— *... irmã de Caim...*

— *Eu posso vê-Lo saindo da costela do nada...*

— *... costela do nada...*

Uma baba escorria do canto de sua boca parecida com a de um peixe enquanto ele apontava um dedo tremulante bem na direção de Dulcy.

— *Eu posso ouvi-Lo dizer: Oh, tu, irmã de Caim, por que mataste tu teu irmão?*

Um silêncio fúnebre caiu como uma mortalha sobre a congregação que cozinhava. Cada olho estava voltado para Dulcy. Ela se encolheu em seu banco. Johnny encarou o pregador com súbita precaução, e a cicatriz em sua testa subitamente se avivou.

Mamie meio que se levantou e gritou:

— Não é assim! Você sabe que não é assim!

Então uma irmã lá do lado do amém pôs-se de pé com seus braços espichados para cima e seus dedos afastados e retesados e gritou:

— Jesus no céu, tende piedade da pobre pecadora!

Um pandemônio teve início quando os Sagrados Roladores se puseram em pé e começaram a ter convulsões.

– *Assassina!* – gritou o reverendo Short em seu frenesi.

– ... assassina... – a congregação respondeu.

– Ela não é uma assassina! – gritou Mamie.

– *Adúltera!* – berrou o reverendo Short .

– ... adúltera... – a congregação respondeu.

– Seu mentiroso filho-da-puta! – gritou Dulcy, encontrando finalmente o tom adequado de voz.

– Deixe-o continuar vociferando – disse Johnny, seu rosto enrijecido e sua voz sem tom.

– *Fornicação!* – gritou o reverendo Short.

À menção de fornicação a espelunca enlouqueceu.

Sagrados Roladores caíram no chão espumando pela boca, rolando, debatendo-se e gritando:

– Fornicação... fornicação...

Homens e mulheres lutaram e rolaram. Bancos foram estraçalhados. A igreja tremeu. O caixão balançou. Um grande fedor de corpos suados levantou-se.

– Fornicação... fornicação... – gritavam os religiosos enlouquecidos.

– Estou saindo daqui – Dulcy disse levantando.

– Senta – disse Johnny. – Esse pessoal religioso é perigoso.

O organista da igreja começou a improvisar o coro de Roberta Lee no órgão da igreja, tentando restabelecer a ordem. Um garçom grande e gordo do vagão-restaurante rompeu cantando numa voz aguda de tenor:

Dis world is high,
Dis world is low,
Dis world is deep and wide,

> *But de longes' road I ever did see,*
> *Was de one I walked and cried...* *

Pensamentos sobre a longa estrada trouxeram os fanáticos de volta a si. Eles escovaram suas roupas e retomaram ordeiramente seus lugares nos bancos quebrados, e o organista começou a tocar *Roll, Jordan, Roll*.

Mas o reverendo Short tinha ido além dos limites. Ele tinha descido do púlpito e ultrapassou o caixão para sacudir seu dedo na cara de Dulcy. Os dois assistentes do coveiro atiraram-no ao chão e se ajoelharam sobre ele até que se acalmasse; então o negócio do funeral prosseguiu.

A congregação se pôs de pé à melodia do órgão em *Nearer My God To Thee* e fez fila para passar pelo caixão para dar uma última olhada nos restos mortais de Big Joe Pullen. Aqueles no banco dos enlutados foram os últimos a passar e, quando o caixão foi finalmente fechado, Mamie atirou-se por cima da tampa chorando:

– Não vá, Joe, não me deixe aqui totalmente sozinha.

O coveiro tirou-a dali e Johnny colocou o braço em sua cintura e começou a guiá-la para a saída. Mas o coveiro o parou puxando sua manga.

– Você é o carregador-chefe, sr. Perry, você não pode ir.

Johnny entregou Mamie aos cuidados de Dulcy e Alamena.

– Vá com ela – ele disse.

Tomou então seu lugar junto aos outros cinco carregadores, que levantaram o caixão e o carregaram pelo corredor livre entre o cordão de isolamento da polícia

---

* Este mundo é alto, / Este mundo é baixo, / Este mundo é profundo e largo, / Mas a estrada mais longa que eu já vi / Foi a estrada em que eu caminhei e chorei. (N.T.)

na calçada, deslizando o esquife para dentro do carro fúnebre.

Membros da loja de Big Joe estavam alinhados em formação de parada na rua, vestidos em seus casacos escarlates repletos de símbolos da realeza com fita dourada, calças azul-claras com linhas douradas e vanguardeados pela banda da loja.

A banda começou com *The Coming of John*, e as pessoas na rua se juntaram ao coro.

A procissão funerária, liderada pelo carro fúnebre, seguiu atrás da marcha dos irmãos da loja.

Dulcy e Alamena sentaram-se ao lado de Mamie Pullen na primeira das limusines pretas.

Johnny ia sozinho atrás da terceira limusine em seu grande Cadillac com a capota arriada.

Dois carros atrás dele, Chink e Doll Baby seguiam em um Buick azul conversível.

A banda estava tocando a velha canção funerária em ritmo de *swing* e o trompetista engatou em um refrão, lançando as notas em *staccato*, agudas e límpidas, ao céu quente do Harlem. A multidão estava eletrificada. As pessoas enlouqueceram, marchando numa histeria em massa ao ritmo da música. Mas elas marchavam em todas as direções, para frente, para trás, circulando, ziguezagueando, seus corpos girando sob o efeito da síncope dançante da música. Eles foram se balançando e sacudindo para frente e para trás pela rua, entre os carros estacionados, subindo as calçadas e de volta à rua. Algumas vezes, um garoto rodopiava com uma garota, mas na maior parte do tempo marchava sozinho com a música, embora fora do ritmo. Eles estavam marchando e dançando àquele ritmo, entre as batidas, fora das batidas, marchando e dançando ao som do *swing*, e ainda assim mantendo-se emparelhados com a velocidade lenta da procissão.

A procissão desceu a Eighth Avenue até a 125th Street, seguiu a leste na Seventh Avenue, dobrou a esquina perto do Hotel Theresa e seguiu para o norte pela 155th Street, tomando a ponte para o Bronx.

Mas na ponte a banda parou, os caminhantes congelaram, a multidão começou a se dispersar, a procissão afinou. O Harlem acabava na ponte. Somente as pessoas mais próximas do morto atravessaram para o Bronx e fizeram a longa jornada pela Bronx Park Road, passando o Zoológico do Bronx para chegar ao Cemitério Woodlawn.

O toca-discos embutido no carro fúnebre começou tocando uma gravação de órgão, as finas notas melosas escoando dos amplificadores traseiros por sobre a procissão.

Eles cruzaram um portão arqueado e entraram no enorme cemitério, parando em uma longa fila atrás da boca de barro amarelo da cova aberta.

Os enlutados circularam a cova enquanto os carregadores levantavam o caixão do carro fúnebre e colocavam-no em cima do guindaste mecânico que o baixou lentamente para dentro da cova.

Uma gravação de órgão de *Swing Low, Sweet Chariot* começou e o coro fez um acompanhamento de lamentos.

O reverendo Short havia se controlado e permanecia na cabeceira da cova entoando em sua voz rouca:

– ...na doçura de teu rosto deverás tu comer pão, até que tu retornes à terra; pois dela foste tirado: pois de pó és feito e ao pó retornarás...

Quando o caixão tocou o fundo da cova, Mamie Pullen gritou e tentou se jogar junto. Enquanto Johnny a segurava, Dulcy subitamente se contorceu e balançou para a beira do buraco. Alamena abraçou-a pela cintura, mas Chink Charlie deu um passo à frente vindo de trás e colocou seu braço sobre Dulcy e a deitou na grama.

Johnny vislumbrou a cena com o canto do olho e empurrou Mamie nos braços de um diácono e apressou-se para Chink, seus olhos amarelos de fúria e a cicatriz em sua testa lívida movendo-se como se tivesse vida própria.

Chink o viu chegando, deu um passo para trás e tentou puxar sua faca. Johnny despistou com sua esquerda e chutou a canela direita de Chink. A dor aguda do osso dobrou Chink para frente com a cabeça para baixo. Antes que o movimento reflexo tivesse cessado, Johnny acertou Chink atrás da orelha com um martelaço de direita e, quando Chink caiu, apoiado sobre suas mãos e seus joelhos, Johnny chutou-lhe a cabeça com o pé esquerdo, mas errou e acertou o ombro esquerdo de Chink em vez da cabeça. Seu olhar lampejante viu uma pá de corte na mão de um coveiro e ele a arrancou dele e a balançou para acertar com a ponta a nuca de Chink. Big Tiny, do restaurante do Fats, havia se aproximado para parar Johnny e agarrou seu braço enquanto ele girava a pá. Não conseguiu segurá-lo, mas deu um jeito de virar o braço de Johnny de forma que a prancha da pá, em vez da lâmina, atingisse Chink no meio das costas e o nocauteasse, fazendo-o cair dentro da cova, em cima do caixão.

Então Tiny e meia dúzia de outros homens desarmaram Johnny e empurraram-no de volta para o passeio de cascalho atrás da área das covas.

Johnny foi cercado por seus amigos do submundo, com Fats chiando:

– Que diabo, Johnny, sem mais matança. Aquilo não era motivo pra você ficar tão brabo.

Johnny apertou as mãos deles e arrumou suas roupas bagunçadas.

– Eu não quero que aquele filho-da-puta meio branco toque nela – ele disse em sua voz sem tom.

– Jesus Cristo, ela tinha desmaiado – Fats chiou.

— Nem que ela estivesse morrendo – disse Johnny.

Seus amigos balançaram a cabeça.

— De qualquer forma, você o machucou o suficiente por um dia, chefe – disse Kid Nickels.

— Eu não vou machucá-lo mais – Johnny disse. – Apenas conduzam minhas mulheres até o carro. Vou levá-las para casa.

Ele se foi e entrou em seu carro.

Um momento depois, a música cessou. O equipamento dos coveiros foi removido de sobre a cova. Os coveiros começaram a bater a terra. Os enlutados silenciosos voltaram lentamente para os carros.

Mamie seguiu entre Dulcy e Alamena e entrou no banco de trás do carro de Johnny com Alamena. Baby Sis seguiu silenciosamente.

— Senhor, Senhor – disse Mamie em uma voz murmurante. – Eles não são nada além de problemas nesta terra, mas eu sei que meu tempo está no fim.

10

Saindo do cemitério, a procissão desfez-se e cada carro seguiu seu próprio caminho.

Um pouco antes de virar na ponte de volta ao Harlem, Johnny ficou preso em um engarrafamento junto ao estádio dos Yankees, pois a multidão saía de um jogo que recém acabara.

Ele e Dulcy, com outros cafetões, cafetinas e agiotas bem considerados, moravam no sexto andar do espalhafatoso prédio Roger Morris. O edifício ficava na esquina da 157th Street com a Edgcombe, na Ladeira da Coogan, com vista para os Polo Grounds, o rio Harlem e as ruas inclinadas do Bronx mais além.

Eram sete em ponto quando Johnny estacionou seu Cadillac rabo-de-peixe em frente à entrada.

– Percorri um longo caminho desde que colhia algodão no Alabama para perder tudo agora – ele disse.

Todos no carro olhavam para ele, mas só Dulcy falou:

– Do que você está falando? – ela disse cautelosamente.

Ele não respondeu.

As juntas de Mamie estralavam à medida que ela se levantava.

– Vamos, Baby Sis, vamos pegar um táxi – ela disse.

– Você vai subir e comer conosco – Johnny disse. – A Baby Sis e a Alamena podem preparar a ceia.

Ela balançou a cabeça.

– Eu e a Baby Sis vamos apenas para casa. Eu não quero começar a ser um problema para ninguém.

– Isto não será nenhum problema – Johnny disse.

– Não estou com fome – disse Mamie. – Só quero ir para casa, deitar e dormir um pouco. Eu estou podre de cansada.

– Não é bom para você ficar sozinha agora – Johnny argumentou. – Agora é a hora em que você precisa estar entre amigos.

– A Baby Sis vai estar lá, Johnny, eu só quero dormir.

– Tudo bem, vou levar você em casa – Johnny disse. – Você sabe que não deixarei que tome um táxi enquanto eu tiver um carro que funcione.

Ninguém se moveu.

Ele se virou para Dulcy e disse:

– Você e a Alamena saiam daqui. Eu não disse que ia levar vocês.

– Estou ficando cheia de você ficar gritando comigo – disse Dulcy furiosa, saindo do carro com um movimento brusco. – Não sou nenhuma cadela da rua.

Johnny deu-lhe um olhar ameaçador, mas não respondeu.

Alamena saiu do banco de trás e Mamie sentou na frente com Johnny e colocou uma mão sobre os olhos fechados, como que para encerrar o dia terrível.

Foram até o apartamento dela sem falar nada.

Depois que Baby Sis os havia deixado e ido para dentro, Mamie disse:

– Johnny, você está sendo muito duro com as meninas. Você espera que elas ajam como homens.

– Eu só espero que elas façam o que lhes digo para fazer e que façam o que devem fazer.

Ela deu um longo e triste suspiro.

– A maioria das mulheres faz, Johnny, mas elas têm suas próprias maneiras de fazer as coisas, e é isso que você não entende.

Eles ficaram em silêncio por um momento, observando a multidão deslizar na calçada à luz do crepúsculo.

Era uma rua de paradoxo: jovens mães solteiras com suas crianças de peito, vivendo apenas de esperanças;

negros gordos e trapaceiros passeando em seus grandes conversíveis de cores vibrantes com suas garotas douradas carregando quantidades exorbitantes de dinheiro consigo; trabalhadores de serviço pesado sustentando os prédios com seus ombros, falando em suas altas vozes lá no Harlem, onde os patrões brancos não podiam ouvi-los; jovens gângsteres se reunindo para uma briga de gangues, fumando cigarros de maconha para aumentar sua coragem; todos fugindo dos cubículos quentes em que moravam, procurando descanso nas ruas ainda mais aquecidas pelos canos de descarga dos automóveis e pelo calor liberado pelas paredes e calçadas de concreto.

Finalmente, Mamie disse:

– Não o mate, Johnny. Eu sou uma velha e digo que não há nenhum motivo.

Johnny continuava olhando para o fluxo de carros passando na rua.

– Ou ele a está pressionando ou ela está pedindo. Em que você quer que eu acredite?

– Não é bem assim, Johnny. Sou uma velha e estou dizendo que não é bem assim. Você está procurando cabelo em ovo. Ele não passa de um exibido e ela gosta de atenção, só isso.

– Ele vai ficar bem numa mortalha – disse Johnny.

– Acredite na velhota, Johnny – ela disse. – Você não dá nenhuma atenção a ela. Você tem seus próprios afazeres, seu clube de apostas e tudo mais. Essas coisas consomem todo o seu tempo. Ela não tem nada para fazer.

– Tia Mamie, esse era o mesmo problema da minha mãe – ele disse. – O Pete dava duro por ela, mas ela não ficava satisfeita a não ser quando andava saindo com outros homens, e eu tive que matá-lo para impedir que ele a matasse. Mas era minha coroa quem estava errada, e eu sempre soube disso.

– Eu sei, Johnny, mas a Dulcy não é assim – Mamie argumentou. – Ela não está andando com ninguém, mas você tem que ter paciência com ela. Ela é jovem. Você sabia quão jovem ela era quando se casou com ela.

– Ela não é tão nova assim – ele disse sem alterar o tom da voz, evitando ainda olhar para Mamie. – E se ela não anda saindo com ele, então ele está dando em cima dela... Não há dúvida quanto a isso.

– Dê uma chance a ela, Johnny – pediu Mamie. – Confie nela.

– Você não sabe o quanto eu quero confiar nessa garota – Johnny confessou. – Mas eu não vou deixar nem ela, nem ele, nem ninguém me fazer de bobo. Não vou dar mole pra ninguém, não vou deixar que se aproveitem de mim. E ponto.

– Oh, Johnny – ela implorou, abafando os soluços com seu lenço de fita negra. – Já houve alguém que provocou muitas mortes. Não mate mais ninguém.

Pela primeira vez Johnny virou-se e olhou para ela.

– De quem você está falando?

– Sei que você não pôde evitar aquela vez da sua mãe – ela disse. – Mas você não precisa matar mais ninguém. – Ela estava tentando disfarçar, mas falou rápido demais e com uma voz muito carregada.

– Não é isso o que você quis dizer – disse Johnny. – Você estava falando do Val.

– Não foi isso o que eu disse.

– Mas foi o que quis dizer.

– Eu não estava falando dele. Não dessa forma – ela negou novamente. – Eu só não quero que mais sangue seja derramado, só isso.

– Você não tem que ser tão cuidadosa com o que quer dizer – ele disse em sua voz sem tom. – Você pode dizer o nome dele. Você pode dizer que ele foi esfaqueado até a morte bem ali na calçada. Eu não me importo. Apenas diga o que você quer dizer.

— Você sabe o que eu quero dizer — ela disse teimosamente. — Quero lhe dizer que não deixe que ela seja a causa de mais mortes, Johnny.

Ele tentou olhá-la nos olhos, mas ela desviou os seus.

— Você acha que eu o matei — ele afirmou.

— Eu não disse isso — ela negou.

— Mas é o que você acha.

— Eu não disse nada disso e você sabe.

— Não estou falando sobre o que você disse. O que eu quero saber é por que você acha que eu queria matá-lo.

— Oh, Johnny, eu não acho que você seria capaz de matá-lo — ela disse na sua voz lamuriosa.

— Não é disso que eu estou falando, tia Mamie — ele disse. — Quero saber que razão você acha que eu teria para matá-lo. Se acredita que eu o matei ou não, pouco me importa. Só quero saber que razão você acha que eu teria para fazer uma coisa dessas.

Ela o olhou direto nos olhos.

— Não há nenhuma razão para você ter matado ele, Johnny — ela disse. — E essa é a mais pura verdade.

— Então por que você começou com essa conversa de que eu preciso confiar mais em Dulcy? E para logo em seguida vir com essa história de que ela não me deu motivos suficientes para matar Val. É isso que eu quero saber — ele persistiu. — Que tipo de raciocínio é esse?

— Johnny, no jogo da vida, você tem que dar a ela tanto quanto você quer que ela lhe dê. Você não pode ganhar sem arriscar.

— Eu sei — ele admitiu. — Essa é a regra do apostador, mas eu tenho que ralar oito horas por dia no meu clube todos os dias. É pesado tanto para ela quanto para mim.

Mas ao mesmo tempo isso significa que ela tem todas as chances no mundo de me fazer de trouxa.

Mamie esticou sua mão velha e retorcida e tentou alcançar a mão dele, de dedos compridos e duros, mas ele não deixou.

— Não estou pedindo compaixão — ele disse rispidamente. — Também não quero machucar mais ninguém. Se ela o quer, tudo o que eu quero que ela faça é que vá embora, que fique com ele. Não vou machucá-la. Agora, se ela não o quer, não vou deixar que ele a pressione. Eu não me importo de perder. Todo jogador, mais cedo ou mais tarde, tem que perder. Mas ninguém vai jogar sujo comigo.

— Eu sei como você se sente, Johnny — disse Mamie. — Mas você precisa aprender a confiar nela. Um homem ciumento jamais ganhará.

— Um trabalhador de verdade não pode apostar e um homem ciumento não pode ganhar — disse Johnny, citando o velho provérbio do apostador. Depois de um instante, ele adicionou: — Se é como você disse, ninguém vai se machucar.

— Vou subir e dormir um pouco — ela disse, saindo lentamente para a calçada. Então ela parou com a mão na porta e acrescentou: — Alguém tem que fazer o discurso no funeral dele. Você conhece algum pregador que faria isso?

— Fique com o reverendo — ele disse. — É o que ele mais gosta de fazer, discursar no funeral de alguém.

— Você fala com ele — ela disse.

— Eu não quero falar com aquele homem — ele disse. — Não depois do que ele disse hoje.

— Você tem que falar com ele — ela insistiu. — Faça isso pelo bem de Dulcy.

Ele não disse nada e ela também não falou mais. Quando ela desapareceu na entrada do prédio, ele ligou o motor e dirigiu vagarosamente pelo trânsito lento até a frente da Igreja dos Sagrados Roladores na Eighth Avenue.

O reverendo Short morava em um quarto de fundos que, certa vez, fora um depósito. A porta da rua estava destrancada. Johnny entrou sem bater e caminhou pelo corredor entre os bancos quebrados. A porta que levava ao quarto do reverendo Short estava entreaberta. As janelas de vidro da fachada eram pintadas de preto por dentro até três quartos da altura, mas entrava luminosidade suficiente pelo alto dos vidros opacos para que fosse refletida nos óculos do reverendo Short enquanto ele espiava pela fresta estreita da abertura da porta.

Os óculos desapareceram e a porta se fechou, enquanto Johnny passava pelo púlpito improvisado, e ele ouviu a tranca se fechar à medida que se aproximava.

Ele bateu e aguardou.

– É o Johnny Perry, reverendo. Quero falar com você.

Houve um som farfalhante como se ratos corressem do lado de dentro, e o reverendo Short falou abruptamente em sua voz rouca:

– Não pense que não estava esperando por você.

– Bom – disse Johnny. – Então você sabe que é sobre o funeral.

– Eu sei por que você veio e estou preparado – grasnou o reverendo Short.

Johnny tinha tido um dia difícil e seus nervos estavam à flor da pele. Ele forçou a porta e a descobriu trancada.

– Abra essa porta – ele disse rudemente. – Como, raios, você espera fazer negócio através de uma porta trancada?

– A-ha, você pensa que pode me enganar – grasnou o reverendo Short.

Johnny sacudiu a maçaneta da porta.

– Escute, pregador – ele disse. – A Mamie Pullen me mandou e eu vou pagar pelos seus serviços. Que diabos há com você?

– Você espera que eu acredite que uma cristã de fé como a Mamie Pullen enviou alguém como você...

O reverendo Short começou a grasnar. Foi quando subitamente Johnny agarrou a maçaneta num acesso de fúria e começou a arrombar a porta.

Como se estivesse lendo seus pensamentos, o reverendo o alertou numa voz fina e seca tão perigosa quanto o chocalho de uma cascavel:

– Não ponha esta porta abaixo!

Johnny puxou de volta sua mão como se uma cobra o tivesse atacado.

– O que há de errado com você, pregador? Está com uma mulher aí? – perguntou desconfiado.

– Então é isso que você está procurando? – perguntou o reverendo Short. – Você acha que aquela assassina está se escondendo aqui dentro.

– Jesus Cristo, homem, você está completamente louco? – disse Johnny, perdendo o controle. – Apenas abra a porra desta porta. Não tenho a noite toda para ficar aqui parado ouvindo essa papagaiada.

– Abaixe essa arma! – O reverendo Short avisou.

– Eu não tenho nenhuma arma, pregador... Você está fora de si?

Johnny ouviu o clique de alguma arma sendo engatilhada.

– Estou avisando! Largue essa arma! – repetiu o reverendo Short.

– Vá para o inferno – disse Johnny desgostoso e começou a se virar.

Mas seu sexto sentido o avisou do perigo iminente e ele se atirou ao chão bem antes de um estouro duplo de uma espingarda calibre doze abrir um buraco do tamanho de um prato de banquete na parte superior da porta de madeira.

Johnny se levantou do chão como se fosse feito de borracha. Acertou a porta com uma forte batida de ombro que teve tanta força que quebrou a fechadura e empurrou o que restara da porta diretamente contra a parede de trás, com um estrondo alto o suficiente para parecer o eco do estouro da espingarda.

O reverendo Short largou a arma e sacou uma faca do bolso lateral de sua calça, tão rápido que a lâmina estava desembainhada antes que a espingarda batesse no chão.

Johnny avançava velozmente com a cabeça inclinada e não conseguiu parar. Assim, ele estirou sua mão esquerda e agarrou o pulso da mão da faca do reverendo Short e acertou-o no plexo solar. Os óculos do reverendo Short voaram de seu rosto como um pássaro executando seu primeiro vôo, e o reverendo caiu de costas por cima de uma cama desfeita com uma armação de ferro pintada de branco. Johnny aterrissou em cima dele, com a naturalidade de um gato que aterrissasse sobre suas quatro patas, e no mesmo instante torceu a faca do punho do reverendo Short com uma das mãos e começou a enforcá-lo com a outra.

Seus joelhos estavam travados perto da cintura do reverendo Short, enquanto ele colocava pressão na sua garganta. Os olhos míopes do reverendo Short começaram a saltar como bananas sendo espremidas de suas cascas, e tudo o que eles podiam ver era a lívida cicatriz na testa rubra de Johnny, que se agitava e pulsava como um polvo enlouquecido.

Mas ele não mostrou nenhum sinal de medo.

Um pouco antes de quebrar o pescoço magro, Johnny voltou a si. Respirou fundo e todo seu corpo tremeu como se fosse por causa de um choque elétrico em seu cérebro. Então ele tirou suas mãos da garganta do reverendo Short e se endireitou, ainda montando sobre ele, e olhou sobriamente para o rosto azulado embaixo de si, na cama.

– Pregador – ele disse lentamente. – Você vai me fazer matá-lo.

O reverendo Short voltou a olhar para ele, enquanto tentava tomar ar. Quando finalmente pôde falar, disse em uma voz desafiante:

– Vá em frente e me mate. Mas você não pode salvá-la. Eles vão pegá-la de qualquer jeito.

Johnny saiu da cama e pôs-se de pé, pisando nos óculos do reverendo Short. Ele os chutou nervosamente para longe de seus pés e olhou para baixo para o outro que jazia de barriga para cima na cama, ainda na mesma posição.

– Escute, eu quero perguntar a você apenas uma coisa – ele disse, a voz neutra de apostador. – Por que ela mataria o próprio irmão?

O reverendo Short respondeu ao olhar dele com malevolência.

– Você sabe por quê – ele disse.

Johnny ficou parado feito morto, embora o ouvisse, olhando fixamente para ele. Por fim ele disse:

– Você tentou me matar. Eu não vou fazer nada sobre isso. Você a chamou de assassina. Eu não vou fazer nada sobre isso também. Eu não acho que você seja louco, então podemos excluir essa hipótese. Tudo o que eu quero saber é por quê?

Os olhos míopes do reverendo Short se encheram com um olhar de perversidade maligna.

— Só duas pessoas poderiam tê-lo matado — ele disse numa voz fina e seca não mais alta que um sussurro. — Isto é, você e ela. E se você não o matou, só pode ter sido ela. E se você não sabe por que, então pergunte a ela. E se você acha que irá salvá-la me matando, então vá em frente e me mate.

— Eu não entendi muito bem — disse Johnny. — Mas vou entender.

Ele se virou e tomou seu caminho entre os bancos da igreja até a porta. A luz das lâmpadas da rua entrava pela parte superior não pintada das opacas janelas frontais mostrando-lhe o caminho.

11

Era oito em ponto, mas ainda estava claro.

– Vamos dar uma volta – Jones Coveiro disse para Ed Caixão – e apreciar a paisagem. Ver as morenas exuberantes em seus vestidos rosados, sentir o perfume das papoulas e da maconha.

– E ouvir os informantes cantando como pombos – Ed Caixão suplementou.

Eles estavam indo para o sul pela Seventh Avenue no pequeno e surrado sedã. Jones Coveiro deixou o pequeno carro seguir tranqüilamente atrás de um grande e lento *trailer*, e Ed Caixão manteve seus olhos alertas sobre a extensão da calçada.

Um anotador de números, parado em frente ao salão de beleza da Madame Sweetiepie, ostentando uma mão cheia de tiras de papel com os números sorteados do dia, viu os olhos perniciosos de Ed Caixão e começou a comer as tiras de papel como se fossem puxa-puxas.

Escondidos atrás do *trailer*, eles se aproximaram de um grupo de maconheiros parados em frente ao bar na esquina da 126th Street. Oito jovens arruaceiros vestidos em calças pretas justas, chapéus de palha enfeitados com faixas de cores misturadas, sapatos de bico fino e camisetas esportivas de cores gritantes, usando óculos embaçados e parecendo como uma assembléia de gafanhotos exóticos, já tinham terminado o primeiro baseado e estavam passando o segundo pela roda, quando um deles exclamou:

– Fujam! Aí vêm o King Kong e o Frankenstein.

O garoto fumando o cigarro de maconha o engoliu tão rápido que o fogo queimou sua goela e ele se curvou, engasgando.

O que se chamava Gigolô disse:

– Fique frio! Fique frio! Limpo, só isso.

Eles atiraram seus canivetes na calçada em frente ao bar. Outro garoto pegou os dois baseados restantes e enfiou-os na boca, pronto para engoli-los, se os dois detetives o parassem.

Jones Coveiro sorriu largamente.

– Eu podia acertar aquele pivete no estômago e fazê-lo vomitar evidência suficiente para colocá-lo na geladeira por um ano – ele disse.

– Vamos ensinar esse truque a ele numa outra hora – disse Ed Caixão.

Dois dos garotos estavam batendo nas costas do garoto engasgado, e os outros começaram a conversar com grandes gestos como se estivessem discutindo um tratado científico sobre prostituição. Gigolô encarou os detetives de modo desafiador.

Gigolô vestia um chapéu de palha cor de chocolate com uma larga faixa amarela com bolinhas azuis. Quando Ed Caixão tocou a lapela direita de seu casaco com os dois primeiros dedos da mão direita, Gigolô empurrou seu chapéu de palha para trás na cabeça e disse:

– Bolas pra esses filhos-da-puta, eles não têm nada contra nós.

Jones Coveiro dirigiu lentamente sem parar e, no espelho retrovisor, viu o pivete tirar os baseados de maconha molhados da boca e começar a soprá-los para secá-los.

Eles continuaram pela 119th Street, retornaram pela Eighth Avenue, foram para a zona residencial novamente e estacionaram em frente a um cortiço caindo aos pedaços entra a 126th e a 127th Street. Idosos estavam sentados na calçada em cadeiras de cozinha encostadas contra a fachada do prédio.

Eles subiram pela escada escura e íngreme até o quarto andar, Jones Coveiro bateu numa porta no fundo, três batidas separadas cada uma por exatos dez segundos.

Durante um minuto, nenhum som foi ouvido. Não havia som de fechaduras sendo abertas, mas lentamente a porta abriu-se uns dez centímetros para dentro, segura por duas correias de ferro em cima e embaixo.

– Somos nós, Ma – Coveiro disse.

As pontas das correias foram removidas dos encaixes e a porta abriu completamente.

Uma mulher magra e grisalha, com uma cara preta enrugada, que parecia ter uns noventa anos de idade, usando um longo vestido preto desbotado de algodão estilo Mamãe Ganso até o chão, estava em pé em um lado e deixou-os entrar no corredor escuro como breu e fechou a porta atrás deles.

Eles a seguiram sem mais comentários até o final do corredor. Ela abriu uma porta e uma luz súbita surgiu, mostrando um baseado no canto de sua boca enrugada.

– Ele está lá – ela disse, e Ed Caixão seguiu Jones Coveiro para dentro de um pequeno quarto de fundos e fechou a porta atrás de si.

Gigolô estava sentado na ponta da cama com seu chapéu enfeitado empurrado para a parte de trás da cabeça, roendo suas unhas sujas até o sabugo. As pupilas de seus olhos eram grandes discos pretos em sua cara marrom, rija e suada.

Ed Caixão sentou-se e o encarou, sentando na única cadeira com encosto de madeira. Jones Coveiro permaneceu de pé, olhando-o de cima para baixo, e disse:

– Você tomou uma dose de heroína.

Gigolô deu de ombros. Seus ombros magros fizeram-se salientes por baixo da camiseta esporte cor de canário.

– Não o deixe agitado – Ed Caixão o alertou, e então perguntou a Gigolô num tom mais íntimo: – Quem andou aprontando na noite passada, campeão?

O corpo de Gigolô começou a se contorcer como se alguém tivesse enfiado um atiçador quente nos fundilhos das suas calças.

– Poor Boy tem dinheiro novo – ele disse numa voz rápida e embaçada.

– Que tipo de dinheiro? – o Coveiro perguntou.

– Moedas.

– Nada de dinheiro vivo?

– Se tinha, não mostrou.

– Onde ele pode estar a esta hora?

– No bilhar do Acey-Deucey. Ele é maníaco por sinuca.

O Coveiro perguntou a Ed Caixão:

– Você o conhece?

– Esta cidade está cheia de Poor Boys – Ed Caixão disse, virando-se novamente para o dedo-duro. – Como ele é?

– Um garoto negro e magro. Faz pose de bacana. Trabalhando em surdina. Nunca brilha. Parece um pouco como Country Boy costumava parecer antes que o colocassem em cana.

– Como ele se veste? – perguntou Coveiro.

– Bem como eu disse. Veste uns *jeans* azuis velhos, camiseta, tênis de lona, sempre parece esfarrapado como um pote de *yakamein**.

– Ele tem um parceiro?

– Iron Jaw. Vocês conhecem o Iron Jaw.

Jones Coveiro acenou com a cabeça.

– Mas ele não parece estar metido nessa. Ele não saiu hoje – acrescentou Gigolô.

– Tudo bem, campeão – disse Ed Caixão se levantando. – Larga da heroína.

---

* *Yakamein* é um tipo de sopa chinesa com carne de porco, cebola, ovo, pimenta preta e espaguete. (N.T.)

O corpo de Gigolô começou a tremer mais violentamente.

– O que se vai fazer? Vocês me deixam assustado. Se alguém descobrir que eu estou alcagüetando, vou ficar com medo até de mexer minha cabeça.

Ele estava se referindo a uma história que se conta no Harlem sobre dois piadistas numa briga de navalha em que um diz: "Cara, você não me corta". E o outro responde: "Se você não acredita que cortei você, balance a sua cabeça e vai ver que ela vai cair fora".

– A heroína não vai melhorar a situação da sua cabeça – advertiu Ed Caixão.

No caminho para fora, ele disse para a velha senhora que os havia deixado entrar:

– Segura a onda do Gigolô, Ma. Ele anda tão chapado que vai estourar a cabeça qualquer dia desses.

– Autoridade, eu não sou médica – ela reclamou. – Não sei quanto ele precisa. Eu só vendo se eles têm grana pra pagar pelo troço. Você sabe, eu não uso aquela porcaria.

– Bem, diminua a quantidade mesmo assim – disse o Coveiro duramente. – Deixamos você tocar seu negócio porque mantém nossos informantes bem abastecidos.

– Se não fosse por esses dedos-duros, vocês estariam por fora – ela argumentou. – Os tiras nunca vão descobrir algo se alguém não contar pra eles.

– Só coloca um pouco de soda de cozinha naquela heroína e não dê pra eles pura – o Coveiro disse. – Nós não queremos que esses garotos fiquem cegos. E nos deixe sair deste buraco, estamos com pressa.

Ela foi pelo corredor escuro com seus sentimentos feridos e abriu as três travas pesadas na porta da frente sem emitir um som.

– Essa bruxa velha está me dando nos nervos – disse Coveiro enquanto eles entravam no carro.

– O que você precisa é dumas férias – Ed Caixão disse. – Ou então de um laxante.

Coveiro riu discretamente.

Eles dirigiram até a 137th Street com a Lenox Avenue, do outro lado do salão de baile Savoy, subiram um lance de escadas ao lado do bar Bool Weevil até o bilhar Acey-Deucey no segundo andar.

Um pequeno espaço na frente estava fechado por um balcão de madeira para servir de escritório. Um homem gordo, careca e de pele marrom, usando óculos de sol verde, uma camisa de seda sem colarinho e um traje preto adornado com uma leve corrente de ouro, estava sentado em um banco alto atrás da caixa registradora no balcão e cuidava das seis mesas de sinuca dispostas em cruz pela longa e estreita sala.

Quando Coveiro e Ed Caixão apareceram no topo da escada, ele os saudou numa voz baixa e grave, normalmente associada a agentes funerários.

– Como vão, cavalheiros, como estão os negócios da polícia neste belo dia de verão?

– Explodindo, Acey – disse Ed Caixão, seus olhos passando pelas mesas iluminadas. – Mais gente sendo roubada, baleada e esfaqueada até a morte do que o comum neste clima quente.

– É a temporada em que a paciência de todos diminui – disse Acey.

– Você não está mentindo, filho – Coveiro disse. – Como está o Deucey?

– Descansando, como sempre – disse Acey. – Até onde sei.

Deucey era o homem de quem ele havia comprado o negócio. O sujeito tinha morrido fazia 21 anos.

Coveiro já tinha visto o homem que procurava na quarta mesa e foi na frente pelo corredor apertado. Tomou um assento numa ponta da mesa e Ed Caixão sentou-se na outra ponta.

Poor Boy estava jogando uma sinuca de profissionais, vintes fora, por cinqüenta centavos o ponto, e ele já estava devendo quarenta dólares.

As bolas haviam sido arrumadas para o começo de um novo jogo. A abertura cabia a Poor Boy, e ele estava passando giz em seu taco. Olhou de modo enviesado para um detetive e depois para o outro, prosseguindo com o giz no taco por tanto tempo que o adversário, um cobrão, disse com irritação:

– Abra logo a mesa, cara, você já passou giz suficiente nessa porra de taco para dar a melhor tacada de todos os tempos.

Poor Boy colocou sua bola branca na marca, moveu seu taco para frente e para trás pela curva do seu dedo indicador e tacou. Não chegou a rasgar o veludo, mas marcou-o com uma longa linha branca. A bola branca se arrastou pela mesa e tocou o triângulo de bolas tão de leve que elas mal se separaram.

– Esse garoto parece nervoso – disse Ed Caixão.

– Ele não tem dormido bem – Jones Coveiro respondeu.

– Eu não estou nervoso – disse o cobrão.

Ele deu a tacada e três bolas caíram nas caçapas. Então ele se acalmou e fez cem pontos sem parar, indo do começo ao final em sete vezes. Quando superou a marca dos cem pontos, todos os outros jogos tinham parado e os espertinhos estavam em pé nas pontas da mesa para dar uma olhada.

– Você não está nervoso ainda – corrigiu Ed Caixão.

O cobrão olhou para Ed Caixão com um ar desafiador e petulante.

– Eu disse que não estava nervoso.

Quando o homem do triângulo colocou na mesa o saco de papel contendo as apostas, Ed Caixão desceu de seu assento e pegou a grana.

– Isso é meu – disse o cobrão.

Coveiro moveu-se por trás, colocando tanto o malandro quanto Poor Boy entre ele e Ed Caixão.

– Não comece a ficar nervoso agora, filho – ele disse. – Nós só queremos dar uma olhada no seu dinheiro.

– Não é nada além de simples dinheiro norte-americano – o cobrão argumentou. – Vocês espertalhões nunca viram dinheiro?

Ed Caixão levantou o saco e despejou todo o conteúdo na mesa. Moedas de valores diversos caíram sobre o veludo verde junto com um rolo de verdinhas.

– Você não está no Harlem há tempo suficiente, filho – ele disse para o cobrão.

– Ele não vai ficar muito tempo por aqui mesmo – disse o Coveiro, pegando os rolos de verdinhas e separando das moedas. – Aqui está a sua parte, filho – ele disse. – Pegue a parte que lhe cabe e ache outro lugar para você. Você é muito esperto para nós caipiras do Harlem.

Quando o cobrão abriu a boca para protestar, ele acrescentou asperamente:

– E não diga mais nenhuma palavra ou arranco seus dentes.

O cobrão embolsou seu rolo de dinheiro e se misturou com o pessoal. Poor Boy não tinha dito uma palavra.

Ed Caixão olhou o troco e colocou tudo de volta no saco de papel. Coveiro tocou as costas pretas e magras do garoto no seu ombro coberto pela camiseta.

– Vamos lá, Poor Boy, vamos dar uma volta.

Ed Caixão abriu caminho através do pessoal. O silêncio os seguiu.

Eles colocaram Poor Boy entre eles no carro, dobraram a esquina e estacionaram.

– O que você prefere? – Coveiro perguntou. – Um ano na penitenciária estadual de Auburn ou trinta dias na cadeia da cidade?

Poor Boy olhou para ele de modo enviesado através de seus olhos turvos.

– O que você quer dizer? – ele perguntou numa voz rouca com sotaque da Geórgia.

– Quero dizer que você roubou aquele gerente da A&P esta manhã.

– Não, sinhô, eu nunca vi nenhuma loja A&P esta manhã. Fiz esse dinheiro lustrando sapatos na estação da 125th Street.

Coveiro sentiu o peso do saco:

– Tem mais de cem dólares aqui – ele disse.

– Eu tive sorte catando moedas graúdas – disse Poor Boy. – Você pode perguntar a qualquer um que esteve lá esta manhã.

– O que eu quero dizer, filho – Coveiro explicou –, é que quando você rouba mais de 35 dólares, vira um grande furto, e isso é um crime grave e eles lhe dão de um a seis anos no presídio estadual. Mas, se você cooperar, o juiz pode reduzir a acusação para furto não-qualificado e poupar ao Estado o custo de um julgamento com júri e recomendar advogados estaduais e você sai com trinta dias numa casa de correção. Só depende de você. Vai cooperar ou não?

– Eu não roubei nenhum dinheiro – disse Poor Boy. – Foi como eu disse: fiz esse dinheiro lustrando sapatos e juntando moedas.

— Não é isso que o Guarda Harris e aquele gerente de loja da A&P vão dizer quando virem você na sala de reconhecimento amanhã – disse Coveiro.

Poor Boy pensou sobre o assunto. O suor começou a brotar em sua testa e nos círculos abaixo de seus olhos, e gotas oleosas se formaram sobre a superfície de seu nariz liso e chato.

— Cooperar como? – ele disse finalmente.

— Quem estava no carro com Johnny Perry quando ele seguia pela Seventh Avenue bem cedo nesta manhã, uns minutos antes de você dar o seu golpe? – perguntou o Coveiro.

Poor Boy exalou o ar pelo seu nariz como se estivesse prendendo a respiração.

— Não vi o carro de Johnny Perry – ele disse com alívio.

Coveiro esticou a mão e girou a chave na ignição, ligando o motor.

Ed Caixão disse:

— Que pena, filho, você devia ter olhos melhores. Isso vai lhe custar onze meses.

— Eu juro por Deus, eu não vejo o grande Cad do Johnny nas redondezas há dois dias – disse Poor Boy.

Coveiro arrancou rua afora e começou a dirigir para o distrito policial da 126th Street.

— Vocês têm que acreditar em mim – Poor Boy disse. — Eu não vi ninguém em toda a Seventh Avenue.

Ed Caixão olhou para as pessoas em pé nas calçadas e despreocupadamente sentadas nas paradas. Coveiro se concentrou em dirigir.

— Não havia nem um carro se movendo na avenida, eu juro por Deus – choramingou Poor Boy. – A não ser o do gerente de loja, quando ele chegou, e o daquele tira que está sempre lá.

Coveiro encostou junto ao meio-fio e estacionou um pouco antes de virar na 126th Street.

– Quem estava com você? – ele perguntou.

– Ninguém – respondeu Poor Boy. – Eu juro por Deus.

– É uma pena – Coveiro disse, levantando a mão para a chave na ignição.

– Escute – disse Poor Boy. – Espere um minuto. Você está dizendo que só vou pegar trinta dias.

– Isso depende da qualidade de seus olhos às quatro e trinta desta manhã e quão boa é sua memória agora.

– Eu não vi nada – disse Poor Boy. – E essa é a verdade de Deus. E depois que eu peguei a grana, eu estava correndo tão rápido que não tive tempo de ver nada, mas o Iron Jaw pode ter visto alguma coisa. Ele estava se escondendo no vão de uma porta na 132nd Street.

– Onde você estava?

– Eu estava na 131st Street, e, quando o homem chegasse, o Iron Jaw devia começar a gritar "assassinato" e atrair o policial, mas ele não deu um pio e lá estava eu, já tinha me esgueirado atrás do carro e bastava pegar o saco e correr.

– Onde o Iron Jaw está agora? – Ed Caixão perguntou.

– Não sei. Não vi o cara o dia todo.

– Onde ele normalmente passa o tempo?

– No Acey-Deucey, como eu, na maioria das vezes, ou então lá embaixo no Bool Weevil.

– Onde ele mora?

– Ele tem um quarto no Hotel Farol, na 123rd Street com a Third Avenue e, se ele não estiver por lá, pode estar trabalhando. Ele depena galinhas no Aviário do Goldstein na 116th Street, e às vezes eles ficam abertos até a meia-noite.

Coveiro ligou o motor novamente e dobrou na 126th Street em direção ao distrito policial.

Quando eles pararam na frente da entrada, Poor Boy perguntou:

– Vai ser como vocês disseram, não vai? Se eu fizer uma apelação, eu só pego trinta dias?

– Vai depender do que o seu parceiro Iron Jaw viu – disse Coveiro.

12

– Não me agradam esses mistérios fodidos – disse Johnny.

Seus músculos volumosos se contraíam por baixo de sua camisa de crepe amarela molhada de suor enquanto ele batia o copo de limonada no vidro em cima da mesa de coquetéis.

– Pode ter certeza – ele acrescentou.

Ele se sentou inclinando-se pra frente no centro de uma longa e luxuosa escrivaninha verde, seus pés suados, envolvidos por meias de seda, plantados no tapete vermelho brilhante. As veias brotando de suas têmporas estavam inchadas como as raízes expostas de uma árvore, e a cicatriz em sua testa pulsava como um ninho de cobras vivas. Sua cara marrom-escura, cheia de protuberâncias, estava retesada e suada. Seus olhos estavam ardendo, injetados e flamejantes.

– Eu já disse a você uma dúzia de vezes ou mais, eu não sei por que aquele pregador negro tem contado todas essas mentiras sobre mim – disse Dulcy numa voz choramingosa e evasiva.

Johnny olhou para ela de modo ameaçador e disse:

– Sim, e eu estou farto de ouvir você me dizer isso.

O olhar dela tocou fugidiamente no rosto retesado dele e esquivou-se à procura de algo mais sereno.

Mas não havia nada sereno naquela sala vibrantemente colorida. A mobília verde-ervilha estofada com exagero, adornada com pedaços de madeira amarela, competia com o carpete vermelho e brilhante, mas os olhos que tinham que olhar para essa disputa eram os verdadeiros perdedores.

Era uma grande sala de esquina com duas janelas para a Edgecome Street e uma para a 159th Street.

– Estou tão cansada de ouvir você me fazer essas malditas perguntas quanto você está cansado de me ouvir dizer que não sei as respostas – ela murmurou.

O copo de limonada quebrou na mão dele. Johnny atirou os pedaços no chão e encheu outro.

Ela estava sentada numa otomana de couro amarelo no carpete vermelho virada de frente para o aparelho de televisão-rádio-gravador que estava colocado em frente a uma lareira fechada, embaixo do batente.

– Por que raios você está tremendo? – ele perguntou.

– Está um frio do cão aqui dentro – ela reclamou.

Ela tinha deslizado para dentro de sua combinação e suas pernas e pés estavam nus. As unhas dos pés estavam pintadas no mesmo tom carmesim das unhas de suas mãos. Sua pele marrom e macia estava areada de pêlos ouriçados, mas seu lábio superior estava suando, acentuando a suave pelugem negra de seu quase imperceptível buço.

O grande ar-condicionado ao lado da janela estava ligado a todo o vapor, e um circulador de ar ao lado do aparelho, em cima da tampa do radiador, golpeava-a com ar frio.

Johnny bebeu seu copo de limonada e o colocou sobre a mesa com cuidado, como um homem que se orgulhava de manter autocontrole em quaisquer circunstâncias.

– Também pudera – ele disse. – Por que você não se levanta e coloca uma roupa?

– Por Cristo, está muito quente para vestir roupas – ela disse.

Johnny serviu e sorveu outro copo de limonada para evitar que seu cérebro superaquecesse.

– Escute, gata, estou sendo bastante justo – ele disse. – Tudo o que eu estou pedindo são três coisas simples...

— O que é simples para você não é simples para mais ninguém — ela reclamou.

O seu olhar em chamas acertou-a como um tapa.

Ela disse, desculpando-se rapidamente:

— Eu não sei o que aquele pregador quer comigo.

— Me escute, gata — Johnny continuou com moderação. — Só quero saber por que a Mamie subitamente começou a defendê-la, quando eu nem suspeitava que você tivesse feito algo. Ajo sem razão ao perguntar isso?

— Como, raios, vou saber o que se passa na cabeça da tia Mamie? — ela se inflamou.

Então, ao ver a fúria passar pelo rosto dele como raios numa tempestade de verão, ela engoliu mais um grande gole do coquetel que tomava num copo alto e se conteve.

Spookie, seu *cocker spaniel* preto, que estava deitado aos seus pés, pulou e tentou subir no colo de Dulcy.

— E pare de beber tanto, porra — Johnny disse. — Você não sabe o que diz quando está bêbada.

Ela procurou, quase culpada, um lugar onde colocar o copo. Ensaiou um movimento para colocá-lo em cima do aparelho de televisão. Então, percebendo o olhar de reprovação de Johnny, acabou por colocá-lo ao seu lado no chão.

— E não deixe esse cachorro desgraçado ficar no seu colo o tempo todo — ele disse. — Você acha que eu quero você coberta de baba de cachorro?

— Desça, Spookie — ela disse, empurrando o cachorro do seu colo.

O cachorro enfiou sua pata traseira no copo alto e o virou.

Johnny olhou para a mancha se espalhando sobre o carpete vermelho e os músculos de seu maxilar contraíram-se como os tendões de um touro.

– Todo mundo sabe que eu sou um homem razoável – ele disse. – Tudo o que estou pedindo a você são três coisas simples. Primeiro, como é que aquele pregador conta para a polícia uma história sobre o Chink Charlie lhe dando uma faca?

– Pelo amor de Deus, Johnny – ela gritou e enterrou o rosto entre as mãos.

– Não me entenda mal – ele disse. – Não estou dizendo que acreditei nisso, mas mesmo que o filho-da-puta tenha alguma coisa contra você...

Nesse momento, o comercial apareceu na tela da televisão e quatro graciosas loiras vestindo suéteres e calções começaram a cantar uma vinheta numa voz alta e animada.

– Desligue esse barulho filho-da-puta – Johnny disse.

Dulcy rapidamente se levantou e baixou o volume, mas o quarteto de baixinhas com belas pernas continuou a saltitar numa pantomima alegre e rápida.

As veias na testa de Johnny começaram a inchar.

Subitamente, o cachorro começou a latir como um cão de caça acossando um guaxinim.

– Cale a boca, Spookie – disse Dulcy rapidamente, mas era tarde demais.

Johnny levantou-se de seu lugar como um maníaco furioso, virando a mesa de coquetéis, derrubando a limonada, deu um salto e chutou o cão nas costelas com seu pé envolto na meia. O cachorro navegou pelo ar e derrubou um vaso vermelho de vidro cheio de rosas amarelas artificiais que estava numa mesa verde de tampo envernizado. O vaso estraçalhou-se contra um radiador, espalhando rosas amarelas de papel sobre o carpete vermelho, e o cão enfiou o rabo entre as pernas e correu ganindo em direção à cozinha.

O copo sobre a mesa de coquetéis tinha se quebrado contra o aparador virado e os fragmentos de vidro misturavam-se com pedaços de gelo na grande marca molhada feita pela limonada derramada.

Johnny se virou, deu um passo por sobre os destroços e voltou ao seu assento, como um homem que se orgulhava de seu autocontrole em todas as circunstâncias.

– Escute, gata – ele disse. – Sou um homem paciente. Sou o homem mais justo do mundo. Tudo o que eu estou pedindo a você...

– Três coisas simples – ela murmurou num suspiro.

Ele respirou profunda e lentamente e ignorou o comentário.

– Escute, gata, tudo o que eu quero saber é como aquele pregador poderia ter inventado uma coisa dessas?

– Você sempre quer acreditar em todo mundo menos em mim – ela disse.

– E como é que ele continua dizendo que foi você quem cometeu o crime? – ele continuou, ignorando o comentário dela.

– Que saco! Você acha que eu fiz aquilo? – ela se inflamou.

– Não é isso que está me incomodando – ele disse, trocando de assunto. – O que me incomoda é o motivo que leva *ele* a acreditar que foi você! Que razões ele tem para pensar que foi você quem fez aquilo?

– Você fica falando sobre mistérios – ela disse mostrando sinais de histeria.

– Como foi que você não viu o Val durante toda a noite ontem? Ele me disse que com certeza passaria no clube e viria com você para o velório. Ele não tinha nenhum motivo para me dizer que ia, se não fosse. Isso sim é um mistério para mim.

Ele olhou para ela longa e pensativamente.

– Você continua insistindo nessa idéia, isso vai criar encrenca para nós todos – ele disse.

– Então, por que você fica atirando na minha cara todas essas idéias malucas que tem sobre mim, como se você pensasse que fui eu quem o matou – ela disse num tom desafiador.

– Eu não me importo com quem o matou – ele disse.
– Ele está morto e era isso. O que me incomoda são todos esses malditos mistérios sobre você. Você está viva e é minha mulher e eu quero saber por que diabos toda essa gente continua pensando essas coisas sobre você, coisas que eu jamais tinha pensado, eu que sou seu homem.

Alamena veio do corredor e olhou indiferentemente para os destroços espalhados pela sala. Ela não tinha mudado de roupas, mas tinha colocado um avental plástico vermelho. O cachorro espiou de trás das pernas dela para ver se a barra estava limpa, mas decidiu que não estava.

– Vocês vão ficar sentados aqui e discutir a noite toda ou querem pegar algo para comer? – Alamena disse sem interesse, como se ela não desse a mínima importância se eles comessem ou não.

Por um momento ambos a encararam estupefatos e sem responder. Então Johnny se colocou em pé.

Pensando que Johnny não a veria, Dulcy, com movimentos furtivos e rápidos, pegou o copo que o cachorro havia derrubado e serviu até a metade com uma garrafa de conhaque que ela guardara atrás da televisão.

Johnny estava caminhando pelo corredor, mas ele se virou subitamente sem interromper o movimento e tirou o copo da mão dela com um tapa. O conhaque espirrou no rosto dela, enquanto o copo navegava pelo ar, girando até atingir o chão.

Ela o acertou na cara com seu punho direito fechado tão rápido quanto um gato pegando um peixe. Foi uma batida sólida, repleta de fúria, que arrancou lágrimas dos olhos dele.

Ele se tomou de um ódio cego e a agarrou pelos ombros, sacudindo-a até que seus dentes chocalhassem.

– Mulher! – ele disse, e pela primeira vez ela ouviu a voz dele mudar de tom. Era profundo e gutural e vinha de dentro de suas entranhas e funcionou nela como um afrodisíaco. – Mulher!

Ela estremeceu e ficou doce. Seus olhos ficaram límpidos e sua boca repentinamente molhada. Seu corpo apenas envolveu o dele.

Ele ficou macio como algodão de farmácia e puxou-a para seu peito. Ele beijou seus olhos, seu nariz e garganta e se inclinou e beijou seu pescoço e a curva de seu ombro.

Alamena virou-se rapidamente e voltou para a cozinha.

– Por que você não acredita em mim? – disse Dulcy, pressionando os lábios contra os bíceps dele.

– Estou tentando, gata – ele disse. – Mas você tem que admitir que é difícil.

Ela deixou seus braços caírem ao lado de seu próprio corpo e ele tirou os seus braços que a envolviam e colocou as mãos nos bolsos. Eles foram, pelo corredor, até a cozinha.

Os dois quartos, separados pelo banheiro, estavam do lado esquerdo do corredor que levava até o corredor externo. A sala de jantar e a cozinha ficavam do lado direito. Havia uma porta preta na cozinha e uma pequena alcova que abria para a escada de serviço no final do corredor. Os três sentaram-se nas cadeiras cobertas de plástico, estofadas com uma espuma de borracha, em frente a uma mesa com tampo esmaltado coberta com uma toalha xadrez vermelha e branca, e serviram-se de um prato fumegante de couve cozida, quiabo e pés de porco e uma vasilha aquecida de ervilhas e um prato de pão de milho.

Havia uma garrafa de uísque pela metade sobre a mesa, mas as duas mulheres a evitaram e Johnny perguntou:

– Não sobrou limonada?

Alamena pegou um recipiente de três litros do refrigerador e encheu uma jarra de vidro sem dizer palavra. Eles comeram sem falar.

Johnny encharcou sua comida com um molho de pimenta de uma garrafa cujo rótulo mostrava dois diabinhos de um vermelho vivo, com longos chifres, dançando em chamas até a altura de seus joelhos, e comeu dois pratos cheios, seis pedaços de pão de milho e bebeu meia jarra de limonada gelada.

– Está quente pra burro aqui dentro – ele reclamou e levantou, ligando o circulador de ar de 25 centímetros preso à parede. Logo voltou a sentar e começou a palitar os dentes com um palito de madeira selecionado do paliteiro que ficava em cima da mesa com o sal, a pimenta e os outros condimentos.

– Esse ventilador não vai te ajudar em nada com todo esse molho de pimenta que você comeu – disse Dulcy disse. – Algum dia suas entranhas vão pegar fogo e você não vai conseguir colocar limonada suficiente para dentro a fim de apagar o fogo.

– Quem vai pregar no funeral do Val? – Alamena perguntou.

Johnny e Dulcy olharam para ela.

Então Johnny recomeçou:

– Se eu não tivesse pressentido que aquele filho-da-puta ia me queimar, eu estaria deitado lá, agora mesmo, furado – ele disse.

Os olhos de Alamena se arregalaram.

— Você está falando do reverendo Short? — ela perguntou. — Ele atirou em você?

Johnny ignorou a pergunta e continuou investindo contra Dulcy:

— Isso não me incomoda tanto. Me contentava em saber o porquê — ele disse.

Dulcy continuou comendo sem responder. As veias de Johnny começaram a inchar novamente.

— Escute, garota — ele disse. — Repito: tudo o que eu quero saber é por quê.

— Nossa, pelo amor de Deus — indignou-se Dulcy. — Se vou levar a culpa pelo que aquele bebedor de ópio maluco faz, posso muito bem desistir da vida.

A campainha tocou Spookie começou a latir.

— Cale a boca, Spookie — Dulcy disse.

Alamena se levantou e foi até a porta.

Ela voltou e tomou seu lugar sem dizer nada.

Doll Baby parou no vão da porta e colocou uma mão nos quadris.

— Não se preocupem comigo — ela disse. — Sou praticamente da família.

— Você é muito cara-de-pau — gritou Dulcy, colocando-se em pé. — E eu vou calar essa sua boca agora mesmo.

— Não vai não — disse Johnny sem se mover. — Volte pro seu lugar e fique quieta.

Dulcy hesitou por um momento como se para desafiá-lo, mas decidiu obedecer e se sentou. Se um olhar pudesse matar, Doll Baby teria caído fulminada.

Johnny virou sua cabeça suavemente e perguntou:

— O que você quer, garota?

— Eu só quero o que me devem — ela disse. — Eu e o Val estávamos noivos e eu tenho direito à sua herança.

Johnny encarou-a. Tanto Dulcy quanto Alamena encararam-na também.

– Como é que é? – perguntou Johnny. – Não estou entendendo.

Ela abanou a mão esquerda, mostrando um brilhante incrustado em uma aliança dourada.

– Ele me deu este anel de diamante de noivado, se você quer uma prova – ela disse.

Dulcy soltou uma risada estridente e desdenhosa.

– Se você ganhou isso do Val, certamente não é nada além de bijuteria – ela disse.

– Cale a boca – Johnny disse a ela, e então para Doll Baby: – Eu não preciso de nenhuma prova. Eu acredito em você. E então?

– Então eu tenho direito, como sua noiva, a qualquer coisa que ele tenha deixado – ela argumentou.

– Ele não deixou nada neste mundo – Johnny disse.

A expressão estúpida de Doll Baby se franziu.

– Ele deve ter deixado algumas roupas – ela disse.

Dulcy começou a rir novamente, mas um olhar de Johnny a silenciou. Alamena baixou a cabeça para esconder um sorriso.

– E suas jóias? Seu relógio, seus anéis, essas coisas – insistiu Doll Baby.

– Você deve procurar a polícia – disse Johnny. – Eles estão com todas as jóias dele. Vá contar a eles a sua história.

– Eu vou contar a eles a minha história, não se preocupe – ela disse.

– Não estou preocupado – Johnny disse.

– E aqueles dez mil dólares que você ia dar a ele para abrir uma loja de bebidas? – perguntou Doll Baby.

Johnny não se moveu. Todo o seu corpo enrijeceu como se ele tivesse, subitamente, se transformado em bronze. Ele manteve seu olhar fixo nela sem piscar durante tanto tempo que ela começou a ficar nervosa.

Finalmente ele disse:

– O que é que tem?

– Bem, afinal de contas, eu era a noiva dele, e ele disse que você ia dar dez contos para ele abrir uma loja. Sei lá, acho que eu tenho algum direito de viúva – ela disse.

Dulcy e Alamena olharam para ela com um silêncio curioso. O olhar de Johnny não desviava de seu rosto. Ela começou a se contorcer perante o escrutínio concentrado a que era submetida.

– Quando ele lhe contou isso? – Johnny perguntou.

– Um dia depois da morte do Big Joe, anteontem, eu acho – ela disse. – Eu e ele estávamos planejando arranjar alguma empregada e ele disse que com certeza ia conseguir dez contos com você.

– Escute, garotinha, você tem certeza disso? – Johnny perguntou.

Sua voz não tinha mudado, mas seu semblante parecia inquisidor e confuso.

– Tanta certeza quanto a de que estou viva – disse Doll Baby. – Juro pela minha mãe morta.

– E você acreditou nele? – Johnny continuou logo depois dela.

– Bem, afinal de contas, que motivo eu teria para não acreditar? – ela contrapôs. – Ele tinha a Dulcy intercedendo por ele.

– Sua puta mentirosa! – Dulcy gritou, e, antes que Johnny pudesse se mover, ela já tinha abandonado sua cadeira e estava se engalfinhando com Doll Baby.

Ele se levantou de um salto e as separou, segurando-as pela parte de trás dos pescoços.

– Você vai pagar por isto – Doll Baby ameaçou Dulcy.

Dulcy cuspiu no rosto dela. Johnny arremessou-a pela cozinha com uma mão. Ela sacou uma faca bem afiada da gaveta do balcão e correu de volta pela sala. Johnny soltou Doll Baby e se virou para encontrá-la, agarrando-lhe o pulso com a mão esquerda e torcendo a faca de sua mão.

– Se você não tirar ela daqui, eu mato ela! – ela rugiu.

Alamena se levantou calmamente, seguiu pelo corredor e fechou a porta da frente. Quando ela tinha retornado e tomado seu lugar, disse com indiferença:

– Ela já tinha ido. Deve ter lido sua mente.

Johnny voltou ao seu lugar. O *cocker spaniel* saiu de trás do fogão e começou a lamber os pés nus de Dulcy.

– Sai daqui, Spookie – disse Dulcy, tomando novamente seu lugar.

Johnny serviu-se um copo de limonada.

Dulcy encheu um copo simples com uísque até a metade e bebeu tudo de uma vez só. Johnny observou-a sem falar nada. Ele parecia alerta e desconfiado, embora confuso. Dulcy se engasgou e seus olhos se encheram de lágrimas. Alamena encarava seu prato sujo.

Johnny levantou o copo de limonada, mudou de idéia e derramou tudo de volta na jarra. Então ele serviu um terço do copo com uísque, mas não bebeu. Ele só olhou para ele durante muito tempo. Ninguém disse nada.

Ele se levantou sem beber o uísque e disse:

– Agora eu tenho outro mistério fodido – e saiu da cozinha, caminhando silenciosamente com seus pés calçados apenas com meias.

13

Já passava das sete horas quando Jones Coveiro e Ed Caixão estacionaram o carro em frente ao Aviário do Goldstein na 116th Street, entre a Lexington e a Third Avenue.

O nome aparecia em letras douradas e desbotadas sobre as vitrines de vidro opaco, e a silhueta de madeira do que poderia ser uma galinha pendia de uma barra sobre a entrada, a palavra *galinhas* pintada nela.

Engradados para galinhas, em sua maioria vazios, estavam empilhados em colunas de seis e sete caixas, presas com correntes, na calçada ao lado da entrada. As correntes estavam atadas a presilhas de ferro na fachada da loja.

– O Goldstein não confia suas galinhas a essa gente – comentou Ed Caixão enquanto eles desciam do carro.

– Alguém pode culpá-lo? – replicou Jones Coveiro.

Havia mais pilhas de engradados contendo mais galinhas dentro da loja.

O senhor e a senhora Goldstein e muitos Goldsteins mais novos estavam trabalhando freneticamente pelo local, vendendo, em pé, galinhas para um grande número de clientes tardios, a maioria proprietários de quiosques de galinhas, banquinhas de churrasco e espeluncas noturnas que funcionavam até altas horas.

O sr. Goldstein se aproximou deles, esfregando as suas fétidas mãos.

– O que posso fazer pelos senhores, cavalheiros? – ele perguntou.

Ele nunca tinha se envolvido com a lei e não conhecia nenhum detetive de vista.

Coveiro sacou seu distintivo dourado do bolso e o exibiu na palma da mão.

– Somos os caras – ele disse.

O sr. Goldstein empalideceu.

– Estamos fazendo algo ilícito?

– Não, não, o senhor está prestando um serviço público – Coveiro respondeu. – Nós estamos procurando por um garoto que trabalha para o senhor, chamado Iron Jaw. Seu verdadeiro nome é Ibsen. Não nos pergunte onde ele o conseguiu.

– Oh, Ibsen – disse o sr. Goldstein com alívio. – É um depenador. Ele está lá no fundo.

Então começou a se preocupar novamente.

– Os senhores não vão prendê-lo agora, vão? Eu tenho muitos pedidos para atender.

– Só queremos lhe fazer algumas perguntas – garantiu-lhe o Coveiro.

Mas o sr. Goldstein não achou suficiente.

– Por favor, senhores, não façam muitas perguntas a ele – suplicou. – Ele só consegue pensar numa coisa de cada vez, e eu acho que ele anda bebendo um pouco também.

– Vamos tentar não pressioná-lo muito – disse Ed Caixão.

Eles cruzaram a porta e entraram na sala dos fundos.

Um jovem musculoso de ombros largos, nu da cintura para cima, com suor escorrendo de sua pele lisa e retinta, estava de pé à mesa de depenação, ao lado do tonel de escaldar, de costas para a porta. Seus braços estavam trabalhando como os braços das rodas de uma locomotiva em disparada, e penas molhadas choviam numa cesta de um alqueire* ao seu lado.

Ele estava cantando para si próprio em uma voz embargada pelo uísque:

---

* Alqueire é uma medida de volume que equivale, aproximadamente, a 36 litros. (N.T.)

Cap'n walkin' up an' down
Buddy layin' there dead, Lord,
On de burning ground,
If I'da had my wheight in line,
I'da whup dat Cap'n till he went stone blind.*

Galinhas estavam alinhadas num dos lados da grande mesa, deitadas de costas, tranqüilas, com suas cabeças enfiadas entre suas asas e suas patas estaqueadas para cima. Cada uma tinha uma etiqueta amarrada em uma pata.

Um jovem usando óculos veio de trás da mesa de embrulhar, olhou para Jones Coveiro e Ed Caixão sem curiosidade e caminhou até o depenador. Ele apontou para uma das galinhas vivas no canto oposto da mesa, um frango Plymouth Rock com pernas longas, mas sem etiqueta.

– O que aquela galinha está fazendo lá, Ibsen? – ele perguntou numa voz desconfiada.

O depenador virou-se para olhá-lo. De perfil, seu maxilar sobressaía do seu pescoço entrelaçado de músculos como um torno; sua cara de nariz achatado e sua testa empapada de suor se inclinavam para trás num ângulo de trinta graus.

– Ah, aquela galinha lá – ele disse. – Bem, hum, aquela galinha lá pertence à sra. Klein.

– Então, por que ela não tem uma etiqueta?

– Bem, hum, ela não sabe se ela vai levar ou não. Ela ainda não voltou para buscar.

– Tudo bem, então – disse o jovem num tom rabugento. – Continue com o seu trabalho. Só não fique aí parado. Temos esses pedidos para entregar.

---

* O capitão caminhando pra lá e pra cá/ O parceiro jazendo morto no chão, Senhor,/ No chão ardente/ Se eu tivesse meu porrete à mão,/ Eu espancaria aquele capitão até que ele ficasse cego feito pedra. (N.T.)

O depenador virou-se e seus braços começaram a trabalhar como os braços das rodas de uma locomotiva. Ele começou novamente a cantar para si. Não tinha visto os dois detetives parados logo depois do vão da porta.

Coveiro gesticulou em direção à porta com a cabeça. Ed Caixão assentiu. Eles se esgueiraram para fora em silêncio.

O sr. Goldstein abandonou um cliente por um momento, enquanto eles passavam pela sala da frente.

– Que bom que os senhores não prenderam Ibsen – ele disse lavando suas mãos com ar. – Ele é um bom trabalhador e um homem honesto.

– Pois é, notamos o quanto o senhor confia nele – disse Ed Caixão.

Eles entraram no carro e seguiram duas portas rua abaixo, estacionaram novamente e ficaram esperando sentados.

– Apostaria um quilo de centeio como ele se aproveita – disse o Coveiro.

– Céus, que tipo de aposta é essa? – replicou Ed Caixão. – Aquele garoto já roubou tantas galinhas daqueles Goldsteins que já poderia ele mesmo ter aberto um abatedouro. Aposto que ele poderia roubar uma galinha de dentro de um ovo sem quebrar a casca.

– De qualquer forma, já vamos descobrir.

Eles quase o perderam. O depenador saiu pela porta dos fundos e veio à rua pelo beco à frente deles.

Ele vestia uma jaqueta militar grande e folgada, feita de uma lona cor oliva e sem brilho com um colarinho de algodão estriado com fecho. Sua cabeça pixaim estava coberta com um boné militar virado, a aba pendendo por sobre o seu pescoço. Com esse visual, seu maxilar de ferro era ainda mais proeminente. Parecia que ele tinha tentado engolir um torno e que este havia afundado entre os dentes inferiores e sua língua.

Ele foi pela Lexington Avenue em direção à zona residencial, cambaleando levemente mas cuidando para não esbarrar em ninguém, assobiando a melodia de *Rock Around The Clock* em notas nítidas e agudas.

Os detetives o seguiram de carro. Quando ele virou para leste na 119th Street, eles cortaram a sua frente, subiram no meio-fio e bloquearam seu caminho.

– O que você tem aí, Iron Jaw? – Jones Coveiro perguntou.

Iron Jaw tentou enquadrá-lo em seu campo de visão. Seus grandes olhos embaçados se enviesavam para cima nas pontas e tinham uma tendência a olhar para lados opostos. Quando finalmente eles focaram o rosto de Jones Coveiro, pareciam levemente vesgos.

– Por que vocês não me deixam em paz? – ele protestou numa voz rouca e instável pelo uísque. – Eu não fiz nada.

Ed Caixão espichou o braço rapidamente e abriu o zíper da jaqueta dele quase até embaixo. A pele negra e lisa de seu peito musculoso e sem pêlos reluziu, mas, mais abaixo, perto do estômago, surgiram penas pretas e brancas.

As galinhas jaziam aninhadas, quentes, na base de sua jaqueta, as patas amarelas cruzadas pacificamente como as de um cadáver em um caixão. As cabeças enfiadas, fora da vista, embaixo das asas que não estavam grudadas em seu tronco.

– O que você está fazendo com essas galinhas, então? – Ed Caixão perguntou. – Levando-as para passear?

Iron Jaw olhou estupefato.

– Galinhas, hum, que galinhas?

– Não me venha com essa baboseira de caipira sulista – alertou-o Ed Caixão.

– Meu nome não é Goldstein.

Jones Coveiro espichou seu dedo indicador e puxou a cabeça da galinha liberando-a da asa.

– Essa galinha, filho.

A galinha levantou a cabeça e mirou os dois detetives com um de seus olhos grandes e redondos. Então virou a cabeça completamente e olhou-os com a outra vista.

– Parece com a minha sogra, quando eu tenho que acordá-la – Coveiro disse. Subitamente a galinha começou a cacarejar e a bater as asas, tentando sair de seu ninho como se tivesse se ressentido do comentário.

Coveiro espichou o braço e pegou, com a mão esquerda, uma das asas da galinha.

Iron Jaw girou sobre seus calcanhares e disparou correndo pelo meio da rua. Ele estava vestindo tênis de lona sujos, similares aos usados por Poor Boy, e pôs-se a correr como um relâmpago negro.

Ed Caixão já estava com sua pistola niquelada de cano longo na sua mão antes que Iron Jaw começasse a correr, mas estava rindo tanto que não conseguia gritar para que ele parasse. Quando finalmente arranjou fôlego, ele gritou:

– Eia, Billy meu garoto, pare ou estouro você! – e disparou rapidamente três tiros para o alto.

Coveiro se atrapalhou com a galinha e se atrasou com sua pistola, que era idêntica à de Ed Caixão. Então teve que bater na cabeça da galinha para guardá-la como evidência. Quando finalmente olhou para frente, teve tempo de ver Ed Caixão atirar na parte de trás do pé de Iron Jaw, que fugia.

A bala calibre 38 pegou na borracha da sola do tênis de lona de Iron Jaw e arrancou-o de seu pé. Acabou perdendo o equilíbrio, escorregou e caiu de bunda no chão. Sua carne não havia sido tocada, mas ele achava que havia sido baleado.

– Eles me matou! – ele gritou. – A polícia atirou em mim pra matar!

As pessoas começaram a se amontoar.

Ed Caixão veio, girando a pistola no ar ao seu lado, e olhou para o pé de Iron Jaw.

– Levante-se – ele disse, dando um puxão no pé dele. – Você nem sequer se arranhou.

Iron Jaw testou seu pé no chão e descobriu que não havia sido ferido.

– Eu devo de ter sido baleado em outro lugar – ele argumentou.

– Você não foi baleado em lugar nenhum – Ed Caixão disse, pegando-o pelo braço e conduzindo-o de volta ao carro deles.

– Vamos sair daqui – ele disse para Coveiro.

Coveiro olhou para as pessoas curiosas que se amontoavam por ali e disse:

– Vamos nessa.

Eles colocaram Iron Jaw entre eles no banco da frente e as galinhas mortas no banco de trás e seguiram para leste pela 119th Street até um píer abandonado no East River.

– Podemos colocá-lo na geladeira por trinta dias por roubo de galinhas ou podemos lhe dar suas galinhas de volta e deixar você ir para casa fritá-las – começou o Coveiro. – Só depende de você.

Iron Jaw olhou de soslaio de um detetive para o outro.

– Sei não o que vocês quer dizer, patrão – ele disse.

– Escute, filho – advertiu Ed Caixão. – Chega desse fingimento idiota. Guarde isso para os brancos. Essa palhaçada não tem nenhum efeito em nós. Nós sabemos que você é ignorante, mas não é estúpido. Então fale direito. Está bem?

– Sim, patrão.

Ed Caixão disse:

– Não vá dizer que eu não o avisei.

– Quem estava andando com Johnny Perry quando ele dirigia pela 132nd Street nesta manhã, logo antes de Poor Boy roubar o gerente da loja A&P? – perguntou Jones Coveiro.

Os olhos de Iron Jaw se arregalaram.

– Eu não sei do que vocês estão falando, patrão. Eu estava ferrado no sono toda a manhã até a hora de ir trabalhar.

– Certo, filho – Coveiro disse. – Se essa é a sua história, ela vai lhe custar trinta dias.

– Patrão, eu juro por Deus... – Iron Jaw começou, mas Ed Caixão o interrompeu:

– Escute, pivete, nós já estamos com o Poor Boy indiciado e o estamos mantendo para os trabalhos da corte da manhã. Ele disse que você estava parado no batente de uma porta na 132nd Street bem perto da avenida, então nós sabemos que você estava lá. Nós sabemos que Johnny Perry passou dirigindo pela 132nd enquanto você estava por lá. Não queremos pegar você pelo roubo. Já temos você por roubo de galinhas. Tudo o que queremos saber é quem estava andando com Johnny Perry.

O suor reluzia na cara encharcada e de traços achatados de Iron Jaw.

– Patrão. Eu não quero nenhum problema com aquele Johnny Perry. Eu prefiro ficar com os trinta dias.

– Não vai haver nenhum problema – Coveiro lhe assegurou. – Não estamos atrás do Johnny, estamos atrás do homem que estava com ele.

— Ele enganou o Johnny e fugiu com dois contos — Coveiro improvisou, dando um tiro no escuro.

Iron Jaw assobiou.

— Eu achei que tinha algo esquisito ali – ele admitiu.

— Você não notou que o homem tinha uma arma apontada para o Johnny, quando eles passaram? – perguntou Coveiro.

— Não, senhor, não vi a arma. Eles dirigiram reto e estacionaram logo antes da esquina, a capota estava fechada, então eu não pude ver nenhuma arma. Mas eu achei que tinha algo estranho neles pararem bem ali, como se não quisessem que ninguém visse.

Jones Coveiro e Ed Caixão trocaram olhares cruzando a expressão estúpida de Iron Jaw.

— Bem, isso diminui as possibilidades – disse Coveiro. – Ele e o Val tinham estacionado na 132nd Street antes que Poor Boy roubasse o gerente da A&P.

Ele dirigiu sua próxima pergunta a Iron Jaw.

— Eles saíram juntos do carro ou o Val saiu sozinho?

— Patrão, eu não vi mais do que acabei de contar, juro por Deus – declarou Iron Jaw. – Quando o Poor Boy saiu correndo com aquele saco, com aquele tira e aquele branco correndo atrás dele, havia um homem olhando de uma janela. Quando eles dobraram a esquina, pareceu que o homem tentava olhar pela esquina para ver onde eles estavam indo. A próxima coisa que eu vi foi ele caindo pelo ar. Então eu simplesmente saí pela Seventh Avenue, porque eu não queria estar lá quando os tiras chegassem e começassem a fazer um monte de perguntas.

— Você não notou se o homem estava muito ferido? – Coveiro insistiu.

— Não, senhor, eu só imaginei que ele estivesse morto e que tinha ido encontrar Jesus – disse Iron Jaw. – E eu não sou um figurão como Johnny Perry. Se os tiras me achassem lá, era capaz deles dizerem que eu empurrei o cara lá da janela.

– Você me deixa triste, filho – Coveiro disse seriamente. – Os tiras não são tão maus assim.

– Gostaríamos de deixar que você fosse embora para casa com suas galinhas e que pudesse se divertir – disse Ed Caixão. – Mas Valentine Haines foi esfaqueado até a morte esta manhã e nós temos que deter você conosco como testemunha material.

– Sim, senhor – disse estoicamente Iron Jaw. – Era sobre isso que eu falava.

14

Eram dez e quinze da noite quando Coveiro e Ed Caixão finalmente conseguiram visitar Chink Charlie.

Primeiro eles tiveram que bater pernas atrás de um rapaz que negociava gatos pelados por coelhos. Uma velha cliente tinha perguntado pelos pés dos bichinhos, ficou desconfiada e ligou para a polícia, dizendo que eram coelhos com patas bastante protuberantes.

Depois eles tiveram que entrevistar duas professoras de colégio sulistas, com ar de matronas, hospedadas no Hotel Theresa enquanto faziam cursos de verão na Universidade de Nova York, que tinham dado seu dinheiro a um homem que se fizera passar por segurança do hotel, alegando que colocaria a quantia no cofre.

Eles estacionaram em frente ao bar na 146th Street com a St. Nicholas Avenue.

Chink tinha um quarto com uma janela no quarto andar de um prédio na St. Nicholas Avenue. Ele mesmo tinha escolhido a decoração preta e amarela e tinha mobiliado o apartamento num estilo moderno. O carpete era preto, as cadeiras amarelas, o sofá-cama da sala tinha um respaldo amarelo, o aparelho de televisão com toca-discos era preto com detalhes amarelos, a pequena geladeira em forma de mesa era preta por fora e amarela por dentro, as cortinas eram listradas de preto e amarelo e a cômoda e o tampo das gavetas eram pretos.

O toca-discos estava tomado por uma série de álbuns clássicos de *swing*, e Cootie Williams estava fazendo o solo de trompete em *Take The A Train* de Duke Ellington. Um circulador de ar de 25 centímetros no peitoril da janela aberta puxava para dentro as névoas da rua, a poeira, o ar quente e o som alto das vozes da congregação de prostitutas e bêbados em frente ao bar logo abaixo.

Chink estava em pé sob a luz da lâmpada de mesa em frente à janela. Seu corpo, suado e lustroso, estava coberto por uma cueca samba-canção de náilon azul. A borda de uma grande cicatriz roxo-avermelhada, deixada por uma queimadura de ácido, aparecia no seu flanco esquerdo acima da sua cueca azul.

Trajando apenas o seu sutiã de náilon preto, calcinha de náilon transparente e sapatos vermelhos de salto alto, Doll Baby ensaiava seus passos de dança no meio da sala. Ela tinha suas costas voltadas para a janela e estava observando seu próprio reflexo no espelho da cômoda. Uma bandeja de pratos sujos com sobras de feijão com chile e batatas cozidas das jantas que eles haviam encomendado do bar-restaurante descansava em cima da mesa, cortando o reflexo dela ao meio, logo abaixo das calcinhas, como se ela pudesse ser servida sem pernas junto com outras delícias. Os contornos em relevo de três fortes cicatrizes ao longo de suas nádegas estavam visíveis por baixo da calcinha preta transparente.

Chink olhava para elas distraidamente, enquanto balançavam à sua frente.

– Eu não entendo – ele dizia. – Se o Val realmente pensou que ia conseguir dez contos com o Johnny e não estava apenas enrolando você...

Ela se enfureceu:

– Mas que porra há com você, negro? Acha que eu não consigo saber quando um homem está falando a verdade?

Ela tinha contado a Chink sobre o encontro com Johnny e eles estavam tentando descobrir alguma forma de esprimê-lo.

– Será que você pode ficar sentada? – Chink gritou. – Como é que posso pensar...

Ele parou de falar e encarou a porta. Doll Baby parou de dançar no meio de um passo.

A porta havia se aberto silenciosamente, e Jones Coveiro tinha entrado na sala. Enquanto eles ficaram olhando, ele foi rapidamente até a janela e fechou as cortinas. Ed Caixão entrou, fechou a porta atrás de si e apoiou as costas nela. Ambos usavam seus chapéus caídos por cima dos olhos.

Coveiro se voltou e sentou na ponta da mesa da janela, ao lado da lâmpada.

– Bem, vamos lá, continue, filho – ele disse. – Qual é a única maneira de descobrir?

– Mas que porra é essa de invadir o meu quarto dessa forma? – disse Chink numa voz engasgada. A fúria se espalhava em sua cara amarela.

A cortina da janela batendo contra a guarda do circulador de ar fazia tanto barulho que Coveiro espichou o braço e o desligou.

– Que foi que você disse, filho? – ele perguntou. – Não ouvi o que você disse.

– Ele está reclamando porque nós entramos sem bater – disse Ed Caixão.

Coveiro esticou as mãos.

– Sua senhoria disse que você tinha companhia, mas nós achamos que estava muito quente para você estar fazendo algo embaraçoso.

A cara de Chink começou a inchar.

– Escutem, vocês tiras não me assustam – ele rosnou. – Ao cruzarem o vão da porta sem um mandado, vocês me permitem considerar isso uma invasão de domicílio, o que faz de vocês dois ladrões. Assim, posso pegar a minha pistola e estourar seus miolos.

– Essa não é a atitude correta para um homem que foi o primeiro a chegar na cena de um crime – Coveiro disse, colocando-se em pé e ereto.

Ed Caixão atravessou a sala, abriu a gaveta de cima, enfiou a mão lá no fundo entre um monte de lenços e tirou uma pistola Smith & Wesson calibre 38.

– E eu tenho uma licença pra isso – gritou Chink.

– Com certeza – admitiu Ed Caixão. – Seus amigos brancos lá no clube onde você trabalha como empilhador de uísque a conseguiram para você.

– É, e vou fazer com que eles dêem um jeito em vocês dois, tiras negros – ameaçou Chink.

Ed Caixão largou a arma de Chink de volta na gaveta.

– Escute, seu marginal... – ele começou, mas Coveiro o interrompeu.

– Apesar de tudo, Ed, vá com calma com o garoto. Você pode ver que essas duas pessoas não são negros como você e eu.

Mas Ed Caixão estava muito enfurecido para dar atenção à piada. Ele continuou falando com Chink.

– Você está solto sob fiança como testemunha material. Nós podemos prendê-lo quando quisermos. Estamos tentando dar a você uma folga, e tudo o que nós ganhamos em troca é um monte de merda. Se você não quer conversar conosco aqui, podemos pegá-lo e levá-lo para conversar lá na "salinha".

– Você quer dizer que se eu me negar a sofrer a pressão por aqui, vocês vão me levar para o distrito e me pressionar lá – disse Chink, venenoso. – De certo, foi assim que você conseguiu essa aparência de Frankenstein, pressionando as pessoas.

O rosto queimado de Ed Caixão ficou hediondo, transfigurado pela fúria. Antes que Chink tivesse acabado de falar, ele tinha dado dois passos e o nocauteado, girando-o no sofá-cama com encosto amarelo. Trazia sua pistola de cano longo na mão e estava se movendo para dar uns coronhaços em Chink, quando Coveiro o agarrou por trás pelos braços.

– Aqui é o Coveiro – disse o parceiro numa voz rápida e apaziguadora. – É o Coveiro, Ed. Não machuque o garoto. Escute o Coveiro, Ed.

Lentamente, os músculos retesados de Ed Caixão relaxaram como se a fúria assassina que o assaltara escoasse dele.

– É um marginal de merda – Coveiro continuou. – Mas não vale a pena matá-lo.

Ed Caixão enfiou sua pistola de volta no coldre, virou e saiu da sala sem dizer uma palavra, ficou por um momento no corredor e gritou.

Quando ele retornou, Chink estava sentado na ponta da cama, parecendo taciturno e fumando um cigarro.

Coveiro estava dizendo:

– Se você está mentindo sobre a faca, filho, nós vamos crucificar você.

Chink não respondeu.

Ed Caixão disse com rispidez:

– Fala.

Chink respondeu solenemente:

– Não sei nada sobre a faca.

Coveiro não olhou para seu parceiro, Ed Caixão. Doll Baby havia recuado até o canto distante da cama e estava sentada na ponta como se estivesse esperando que ela explodisse embaixo dela a qualquer instante.

Ed Caixão perguntou a ela abruptamente:

– Que esquema você e o Val estavam armando?

Ela pulou como se a cama tivesse explodido como ela esperava.

– Esquema? – ela repetiu com ar estúpido.

– Você sabe o que é um esquema – Ed Caixão respondeu instantaneamente. – Iguais a todos os esquemas que você armou durante a sua vida.

– Oh, você quer saber se ele era viciado? – Ela engoliu. – O Val não gostava dessas coisas. Ele era quadrado... bem, quero dizer que ele era direito.

– Como os dois namoradinhos pretendiam viver? Com o seu salário de dançarina ou você estava pretendendo fazer uns programinhas por fora?

Ela estava muito assustada para se indignar, mas protestou humildemente.

– O Val era um cavalheiro. O Johnny ia dar dez contos para ele abrir uma loja de bebidas.

Chink virou sua cabeça e lhe lançou um olhar cheio de puro veneno. Mas os dois detetives continuaram olhando apenas para ela e subitamente ficaram completamente parados.

– Eu disse alguma coisa? – ela perguntou com uma aparência assustada.

– Não, você não disse nada – Coveiro mentiu. – Você já tinha nos dito isso antes.

Ele deu uma olhadela para Ed Caixão.

Chink disse rapidamente:

– Ela deve ter sonhado isso.

Ed Caixão disse secamente:

– Cale a boca.

Coveiro disse em tom casual:

– O que estamos tentando descobrir é por quê. O Johnny é um jogador muito conservador para se meter num negócio tão arriscado.

– Bem, o Val era irmão da Dulcy – Doll Baby argumentou estupidamente. – E o que tem de arriscado em abrir uma loja de bebidas?

– Bem, primeiro de tudo, o Val não conseguiria uma licença – Coveiro explicou. – Ele cumpriu um ano no reformatório da penitenciária estadual de Illinois, e o Estado de Nova York não concede licença de venda para ex-condenados. O próprio Johnny é um ex-condenado, então não tem como conseguir uma licença em seu nome. Isso necessariamente colocaria uma terceira parte no negócio, um testa-de-ferro, que pudesse obter a licença e colocar o negócio em seu nome. Os lucros seriam magros e teriam que ser divididos, e nem o Johnny nem o Val teriam condições legais de fazer isso.

Os olhos de Doll Baby quase saltaram das órbitas durante essa explicação.

– Bem, ele me jurou que a Dulcy iria arrumar o dinheiro pra ele, e sei que ele não estava mentindo – ela disse se defendendo. – Ele estava na minha.

Pelos quinze minutos seguintes os detetives questionaram Chink sobre o passado de Val e Dulcy, mas não descobriram nada de novo. Quando se preparavam para sair, Coveiro disse:

– Bem, garota, não sabemos qual é seu jogo, mas, se o que você disse é verdade, você tira o Johnny da lista dos suspeitos. O Johnny é esquentado o suficiente para matar alguém num acesso de fúria, mas o Val foi morto a sangue-frio e de modo premeditado. E, se ele estava tentando arrancar dez contos do Johnny, daria no mesmo para o Johnny deixar seu nome ligado ao assassinato. E o Johnny não é o tipo de cara que faz isso.

– Como assim? – protestou Doll Baby. – Eu lhes dou um motivo para o Johnny ter cometido o crime e você diz justamente o contrário, que isso prova a sua inocência.

Coveiro riu desbragadamente.

– Isso é a prova definitiva de como os tiras são estúpidos.

Chegaram ao corredor externo e fecharam a porta atrás de si. Então, depois de conversarem rapidamente com a senhoria, seguiram em frente, cruzaram a porta do prédio e em seguida a fecharam.

Nem Chink nem Doll Baby falaram até ouvirem a senhoria chavear e trancar a porta da frente do edifício. Mas os detetives tinham apenas pisado do lado de fora, tendo rapidamente retornado para dentro do prédio. No instante em que a senhoria trancava a porta frontal, eles tinham se posicionado junto à porta do quarto de Chink, os ouvidos atentos ao que acontecia do outro lado da porta fina de madeira.

A primeira coisa que Chink disse, pondo-se de pé e se atracando furiosamente a Doll Baby, foi:

– Como, pelo amor de Deus, você fala a eles a respeito dos dez contos, sua idiota de merda?

– Mas que diabo! – protestou aos gritos Doll Baby. – Você acha que eu queria que eles pensassem que eu iria casar com um fodido dum pé-rapado?

Chink a agarrou pela garganta e a arrancou da cama. Os detetives se olharam ao ouvir o baque do corpo contra o chão acarpetado. Ed Caixão ergueu suas sobrancelhas de modo inquisitivo, mas Coveiro balançou a cabeça. Depois de um momento, eles ouviram Doll Baby dizer numa voz engasgada:

– Por que, diabos, você quer me matar, seu filho-da-puta?

Chink a tinha soltado e ido até o refrigerador pegar uma garrafa de cerveja.

– Você deixou o filho-da-puta escapar da armadilha – ele acusou.

– Bem, se não foi ele quem o matou, quem foi então? – ela perguntou. Então ela percebeu a expressão no rosto dele e disse: – Oh!

– Não faz diferença agora quem foi que o matou – ele disse. – O que eu gostaria de saber é o que ele tinha contra o Johnny.

– Bem, eu já disse a você tudo que sei.

– Escute, piranha, se você está me escondendo alguma coisa... – ele começou, mas foi interrompido por Doll:

– Você está escondendo mais coisas de mim do que eu de você. Eu não estou escondendo nada.

– Se você acha que estou escondendo alguma coisa, é melhor que mantenha essa dúvida dentro da sua cabeça. Fique de bico calado – ele ameaçou.

– Não vou dizer nada a seu respeito – ela prometeu, e depois reclamou: – Por que será que nós dois temos que ficar discutindo? Não estamos tentando descobrir quem matou o Val, estamos? Tudo o que queremos fazer é tirar algum do Johnny.

Sua voz começou a adquirir um tom amoroso e cúmplice.

– Estou lhe dizendo, doçura, tudo o que você tem que fazer é continuar pressionando ele. Não sei o que o Val tinha contra ele, mas, se você continuar na pressão, ele vai acabar cedendo.

– Vou continuar em cima dele – disse Chink. – Vou continuar na pressão até que eu possa testar o limite da paciência do filho-da-puta.

– Não force muito a barra – ela advertiu –, pois ele pode estourar.

– Aquele filho-da-puta horroroso não me mete medo – disse Chink.

– Veja que horas são! – exclamou Doll Baby de repente. – Tenho que ir, senão vou me atrasar.

Coveiro fez um aceno com a cabeça em direção à porta, e ele e Ed Caixão cruzaram o corredor nas pontas dos pés. A senhoria deixou que eles saíssem em silêncio.

Enquanto desciam a escada, Coveiro gargalhou.

– A fervura está levantando nessa panela – ele disse.

– Só espero que a comida não passe do ponto – replicou Ed Caixão.

– Amanhã ou depois de amanhã temos que ir atrás das notícias de Chicago – observou Coveiro. – Vamos ver o que o pessoal de lá cavou.

– Só espero que não seja tarde – disse Ed Caixão.

– Esta faltando apenas um elo da corrente – prosseguiu Coveiro. – O que será que o Val tinha contra o Johnny pra valer dez contos? Se nós soubéssemos isso, a corrente estaria completa.

– É, mas sem esse elo o cachorro está correndo solto – replicou Ed Caixão.

– O que você precisa é de uma boa comida e de um bom trago – disse Coveiro ao amigo.

Ed Caixão esfregou o dorso da mão sobre a face queimada de ácido.

– É verdade – ele disse numa voz abafada.

15

Eram 11h32 quando Johnny estacionou seu Cadillac rabo-de-peixe na Madison Avenue perto da esquina e caminhou pela 124th Street para a escada privativa que levava ao seu clube, no segundo andar.

O nome *Tia Juana* estava escrito no painel superior da porta de aço negro.

Ele tocou a campainha à direita da maçaneta uma vez e, imediatamente, um olho apareceu no olho mágico dentro da letra *u* da palavra *Juana*. A porta abriu-se para a cozinha de um apartamento de três quartos.

Um homem gentil, magricelo, careca, de pele marrom, vestindo calças cáqui engomadas e uma blusa pólo roxa desbotada, disse:

– Dureza, Johnny, duas mortes, uma atrás da outra.

– É – disse Johnny. – Como está indo o jogo, Nubby?

Nubby colocou o coto macio de seu braço esquerdo, que havia sido cortado logo acima do punho, na concha de sua mão direita e disse:

– Firme. Kid Nickels está comandando tudo.

– Quem está ganhando?

– Não estou vendo. Estive recebendo apostas para as corridas de trote de hoje à noite no Yonkers.

Johnny banhara-se, barbeara-se e tinha se vestido com um terno verde-claro e uma camisa de crepe rosa.

O telefone tocou e Nubby estendeu a mão para o fone no guichê na parede, mas Johnny disse:

– Eu atendo.

Mamie Pullen estava ligando para saber como Dulcy estava.

– Ela apagou – disse Johnny. – Deixei a Alamena com ela.

– Como você está, filho? – Mamie perguntou.

– Na labuta – disse Johnny. – Trate de dormir e não se preocupe conosco.

Quando ele desligou, Nubby disse:

– Você parece cansado, chefe. Por que não dá uma olhada por aí e volta pro berço? Nós três certamente conseguiremos coordenar tudo por uma noite.

Johnny foi para seu escritório sem responder. A peça ficava no mais externo dos quartos, situado à esquerda da cozinha. O escritório continha uma escrivaninha com tampo de correr ao estilo antigo, uma mesa redonda pequena, seis cadeiras e um cofre. A sala em frente, equipada com uma grande mesa de cartas, era usada como uma sala de jogos reserva.

Johnny pendurou seu casaco verde diligentemente no cabide na parede atrás de sua mesa, abriu o cofre e tirou um maço de dinheiro amarrado com uma tira de papel em que estava escrito: $ 1.000.

Além da cozinha ficava o banheiro, e então o corredor seguia até uma grande sala frontal, da largura do apartamento e com uma sacada de três janelas com vista para a Madison Avenue. As janelas estavam fechadas e as cortinas, cerradas.

No centro da sala, nove jogadores sentavam a uma grande mesa redonda acolchoada com feltro e coberta com um tecido marrom em tom de terra. Eles estavam jogando um jogo de cartas chamado *Georgia Skin*.

Kid Nickels estava embaralhando as cartas de um baralho novinho em folha. Ele era um negro baixo, com o cabelo muito crespo e curto, olhos avermelhados e uma pele severamente marcada. Vestia uma camisa vermelha de seda muitos tons mais brilhosa que a de Johnny.

Johnny entrou na sala, colocou o maço de dinheiro na mesa e disse:

– Eu assumo agora, Kid.

Kid Nickels se levantou e lhe cedeu o lugar.

Johnny deu uns tapinhas no maço de notas do banco.

– Aqui está um dinheiro fresquinho que não tem a marca de ninguém.

– Vamos torcer para que um pouquinho dele se apegue a mim – disse Bad Eye Lewis.

Johnny embaralhou as cartas. Crying Shine, o primeiro jogador à sua direita, as cortou.

– Quem quer tirar cartas? – perguntou Johnny.

Três jogadores tiraram cartas do baralho, mostraram-nas uns aos outros para evitar repetição e as colocaram na mesa com a face para baixo.

Johnny apostou dez dólares com cada um deles por terem pegado as cartas. Eles tinham que pagar para ver ou devolver suas cartas. Eles pagaram.

No Georgia Skin, os naipes – espadas, copas, paus e ouros – não têm hierarquia. As cartas são jogadas pelo seu valor nominal. Existem treze valores no baralho, do ás até o rei. Portanto, treze cartas podem ser jogadas.

Um jogador seleciona uma carta. Quando a próxima carta daquele valor é retirada do baralho, a primeira carta perde. Jogadores de Skin dizem que a carta caiu. Ela vai para o morto e não pode ser jogada novamente naquela rodada.

Portanto, um jogador aposta que a carta dele não cai antes que a carta do seu oponente caia. Se um jogador escolhe o sete e as cartas de todos os outros valores no baralho forem tiradas duas vezes antes de o segundo sete aparecer, aquele jogador ganha todas as apostas que fez.

Johnny puxou a primeira carta do baralho com a face para cima e a deixou em frente a Doc, o jogador sentado à sua frente na mesa. Era um oito.

– Que desgraça – disse Bad Eye Lewis.

– Para mim desgraça de verdade é a morte – disse Doc. – Passem tudo pra cá, seus sovinas.

Os jogadores passaram suas apostas para ele.

Johnny endireitou o baralho e o colocou na caixa de distribuir, que era aberta em um lado com um buraco para o dedão para distribuir. Ele virou o três de espadas do baralho para a sua própria carta.

Resmungos profundos se erguiam sob a luz esfumaçada, enquanto as cartas eram viradas com a face para cima da caixa. Cada vez que uma carta caía, as apostas eram recolhidas pelos vencedores e o perdedor jogava a próxima carta retirada da banca.

Johnny jogou o três pela rodada sem que ele caísse. Fez doze apostas e ganhou 130 dólares na rodada.

Chink Charlie cambaleou sala adentro abanando uma mão cheia de dinheiro.

– Abram espaço para um trapaceiro do passado – ele disse com a voz embargada pelo uísque.

Johnny estava sentado de costas para a porta e não olhou ao redor. Embaralhou as cartas, emparelhou-as e as colocou na mesa.

– Corte, K.C. – ele disse.

Os outros jogadores haviam olhado uma vez mais para Chink. Agora olharam uma vez para Johnny. Então pararam de olhar.

– Não creio que eu esteja barrado desse jogo fodido – disse Chink.

– Eu nunca barrei um jogador com dinheiro – disse Johnny em sua voz sem tom, sem olhar. – Pony, levante-se e dê seu lugar ao jogador.

Pony Boy levantou-se e Chink sentou-se pesadamente em seu lugar.

– Estou me sentindo com sorte essa noite – disse Chink, batendo no dinheiro à sua frente na mesa. – Tudo que eu quero ganhar são dez mil. Que tal, menino Johnny? Você tem dez contos pra perder?

Uma vez mais os jogadores olharam para Chink, novamente para Johnny e então para o nada.

O rosto de Johnny não tremeu, sua voz não mudou.

– Eu não jogo para perder, camaradinha, é melhor saber disso. Mas você pode jogar aqui enquanto tiver dinheiro e pode sair daqui com tudo que você ganhou. Agora, quem quer cartas? – ele perguntou.

Ninguém se moveu para pegar uma carta do baralho.

– Você não me assusta – disse Chink e pegou uma do topo.

Johnny cobrou dele cem dólares. Quando Chink cobriu a aposta, restaram-lhe apenas dezenove dólares.

Johnny virou uma carta, era uma rainha.

Doc jogou-a.

Chink apostou dez dólares nela.

A rainha de copas dobrou.

– Alguma cobra preta está sugando minha língua de cavaleiro* – alguém disse.

Chink pegou os vinte dólares.

Johnny colocou o baralho na caixa e virou para si o três de espadas novamente.

– Um raio nunca cai duas vezes no mesmo lugar – Bad Eyed Lewis disse.

– Velho, não comece a falar sobre raios e caindo – Crying Shine disse. – Você está sentando bem no meio de um temporal.

---

* Verso de uma famosa canção de *blues* americana. (N.T.)

Johnny virou o valete de paus para Doc, que tinha primeira opção por uma carta limpa.

Doc olhou para ela com desgosto.

– Eu prefiro ser mordido na bunda por uma jibóia do que jogar com um filho-da-puta de um valete preto – ele disse.

– Quer passar essa? – perguntou Johnny.

– Inferno – Doc disse –, não estou jogando as minhas preferidas. Atire de volta, garoto amarelo – ele disse para Chink.

– Isso vai lhe custar vinte mangos – Chink disse.

– Isso não faz diferença pro dinheiro, filho – Doc disse, cobrindo a aposta.

Johnny passou quinze dólares para Doc e começou a virar as cartas. Jogadores estenderam as mãos para elas e as apostas foram feitas. Ninguém falou. O silêncio cresceu.

Uma carta caiu. Mãos buscaram por apostas.

Doc caiu novamente e olhou para o morto pedindo uma carta limpa, mas não havia nenhuma.

Johnny virou as cartas e as cartas caíram. A carta de Chink ficou. Johnny e Chink remexeram em suas apostas.

– Eu aposto um pouco mais, jogador – Johnny disse para Chink.

– Baixa – Chink disse.

Johnny deu-lhe outros cem dólares. Chink cobriu e ainda tinha dinheiro sobrando.

Johnny virou outra carta e então outra. As veias pulsavam em sua testa e os tentáculos de sua cicatriz começaram a se mover. O sangue saiu do rosto de Chink, até que ele se parecesse com uma cera amarela.

– Mais um pouco – Johnny disse.

– Baixa – Chink disse. Ele estava começando a perder sua voz.

Eles aumentaram suas apostas em outros vinte dólares.

Johnny olhou o dinheiro que Chink ainda tinha. Ele puxou metade da carta para fora da caixa e recolocou-a de volta.

– Mais um pouco, jogador – ele disse.

– Baixa – Chink sussurrou.

Chink cobriu 29 e passou o resto de volta.

Johnny virou a carta. O sete de ouros apareceu no foco de luz e caiu sobre sua face.

– Homens mortos caem de cara – Bad Eye Lewis disse.

O sangue correu para o rosto de Chink e sua queixada começou a tremer.

– É você, não é? – Johnny disse.

– Como, raios, você sabe que sou eu, a menos que você esteja lendo essas cartas – disse Chink de modo grosseiro.

– Tem que ser você – Johnny disse. – É a única carta limpa sobrando.

O sangue abandonou o rosto de Chink, que novamente se tornou cinzento. Johnny alcançou e virou a carta que estava na frente de Chink. O sete de espadas revelou-se.

Johnny puxou o monte de dinheiro.

– Você me sacaneou, não foi? – Chink acusou. – Você sacaneou. Você viu o sete no momento em que puxou metade dele para fora.

– Você só tem apenas mais uma vez para dizer isso, jogador – Johnny disse. – Depois terá que provar o que diz.

Chink não falou.

– Se você aposta rápido, cai rápido – Doc disse.

Chink se levantou sem dizer nada e saiu do clube.

Johnny começou a perder. Perdeu tudo o que havia ganhado e setecentos dólares da banca. Finalmente ele se levantou e disse para Kid Nickels:

– Você assume, Kid.

Voltou para seu escritório, pegou o revólver colt 38 e enfiou dentro de seu cinto para o lado esquerdo da fivela, e então colocou seu casaco verde por cima de sua camisa de crepe rosa. Antes de sair do clube, disse para Nubby:

– Se eu não voltar, diga para o Kid levar o dinheiro para casa com ele.

Pony Boy voltou para a cozinha para ver se Johnny precisava dele, mas Johnny já tinha ido.

– Esse Chink Charlie – ele disse. – A morte não está a mais de dois passos dele.

16

Alamena atendeu a campainha da porta.

Chink disse:

— Eu quero falar com ela.

Ela disse:

— Você está louco.

O *cocker spaniel* preto montava guarda atrás das pernas de Alamena e latia furiosamente.

— Para quem você está latindo, Spookie? — Dulcy gritou da cozinha com uma voz rouca.

Spookie continuou latindo.

— Não tente me impedir, Alamena, estou avisando — disse Chink, tentando passar por ela. — Eu tenho que falar com ela.

Alamena plantou-se firmemente na entrada e não deixaria ele passar.

— Johnny está aqui, seu idiota! — ela disse.

— Não, ele não está — disse Chink. — Acabei de vê-lo no clube.

Os olhos de Alamena se arregalaram.

— Você foi ao clube do Johnny? — ela perguntou incrédula.

— Por que não? — ele perguntou despreocupadamente. — Eu não tenho medo do Johnny.

— Com quem você está falando, Meeny? — Dulcy perguntou com a voz rouca.

— Ninguém — disse Alamena.

— Sou eu. O Chink — ele gritou.

— Ah, é você — Dulcy gritou. — Bem, então entre, querido, ou então vá embora. Você está deixando Spookie nervoso.

— Pro inferno com o Spookie — Chink disse, empurrando Alamena e entrando na cozinha.

Alamena fechou a porta de entrada e o seguiu.

– Se Johnny voltar e o encontrar aqui, ele vai matá-lo, sem sombra de dúvida – ela avisou.

– Pro inferno com o Johnny – Chink enfureceu-se. – Eu tenho o suficiente para mandá-lo pra cadeira elétrica.

– Se você viver tanto tempo assim – Alamena disse.

Dulcy forçou um risinho falso.

– Meeny tem medo do Johnny – ela disse com vigor.

Tanto Alamena quanto Chink fitaram-na.

Ela estava sentada em uma das cadeiras com estofamento emborrachado com os seus pés descalços escorados em cima da mesa. Ela usava apenas um vestido de alcinha, sem nada por baixo.

–Tiras – ela disse com uma timidez fingida percebendo o olhar de Chink. – Você está espiando.

– Se você não estivesse tão bêbada, eu daria algo para você rir de verdade – disse Alamena com rispidez.

Dulcy baixou os pés e tentou sentar direito.

– Você só está brava porque eu peguei o Johnny – ela disse manhosa.

O rosto de Alamena ficou branco e ela desviou o olhar.

– Por que você não sai daqui e me deixa falar com ela? – perguntou Chink. – É importante.

Alamena suspirou.

– Eu vou ali pra frente cuidar o carro do Johnny pela janela.

Chink puxou uma cadeira e permaneceu em frente a Dulcy com os pés no assento. Ele esperou até que ouviu Alamena entrar na sala da frente, então subitamente foi até a porta da cozinha e a fechou, voltou e assumiu sua posição.

– Me escute, gata, e me escute bem – ele disse, inclinando-se e tentando prender o olhar de Dulcy. – Ou você vai me trazer aqueles dez mil que você prometeu ao Val ou eu vou botar a casa abaixo.

– Bum! – Dulcy disse bêbada.

Chink deu um pulo com o grito. Ela riu.

– Achei que você não estivesse com medo – ela disse.

O rosto de Chink ficou enrubescido em vários pontos.

– Escute, eu não estou brincando, garota – ele disse, ameaçador.

Ela estendeu as mãos como se estivesse esquecida da presença dele e começou a coçar os cabelos. Repentinamente, olhou para cima e o pegou olhando com fúria para ela.

– É só uma das pulgas do Spookie – ela disse.

Ele começou a contrair a mandíbula, mas ela não percebeu.

– Spookie! – ela chamou. – Vem cá, fofo, senta no colo da mamãe.

O cachorro veio e começou a lamber suas pernas nuas, e ela o pegou e o segurou no colo.

– É só uma de suas pulguinhas pretas, não é bebê? – ela disse se curvando e permitindo que o cachorro lambesse seu rosto.

Chink tirou o cachorro do colo dela com um tapa de uma selvageria tão violenta que o cão bateu no pé da mesa e começou a correr pelo chão, ganindo e tentando fugir.

– Eu quero que você me escute – disse Chink, bufando furioso.

O rosto de Dulcy se fechou com uma velocidade impressionante, e ela tentou levantar-se, mas Chink botou suas mãos nos ombros dela e imobilizou-a na cadeira.

– Não bata no meu cachorro, seu filho-da-puta! – ela gritou. – Eu não permito que ninguém bata no meu cachorro além de mim. Eu vou te matar mais rápido por bater no meu cachorro...

Chink a interrompeu.

– Mas que merda! Eu quero que você escute!

Alamena entrou na cozinha com pressa e, quando ela viu Chink segurando Dulcy imobilizada na cadeira, ela disse:

– Largue ela, negro. Não tá vendo que ela tá bêbada?

Ele tirou as mãos, mas disse furiosamente:

– Eu quero que ela me escute.

– Bem, isso é problema seu – disse Alamena. – Você é um atendente de bar. Deixe-a sóbria.

– Você quer ter sua garganta cortada outra vez? – ele disse de modo perverso.

Ela não deixou que ele a tocasse.

– Nenhum negro desgraçado como você jamais conseguirá fazer isso. E não vou ficar de vigia por mais do que quinze minutos. Então é melhor você conseguir essa sua conversa duma vez.

– Você não precisa vigiar para mim – Chink disse.

– Eu não estou fazendo isso por você, negro, não precisa se preocupar com isso – Alamena disse, enquanto saía da cozinha e voltava para seu posto. – Venha, Spookie.

O cachorro a seguiu.

Chink sentou e secou o suor de seu rosto.

– Escute, gata, você não está tão bêbada – ele disse.

Dulcy riu, mas dessa vez o riso soou forçado.

– Você é que está bêbado se acha que o Johnny vai lhe dar os dez mil – ela disse.

– Não é ele quem vai me dar os dez mil – ele disse. – É você quem vai me dar o dinheiro. Você vai pegar dele. E você quer que eu te diga por que você vai fazer isso, gata?

– Não, eu só quero que você me dê tempo para eu colher essas notas de cem dólares que você vê crescendo em mim – ela disse, soando mais e mais sóbria.

— Existem duas razões para você fazer isso – ele disse. – Primeiro, foi a sua faca que o matou. A mesma que eu lhe dei no Natal. E não me diga que a perdeu, porque eu sei que não. Você não iria carregá-la consigo por aí a menos que pretendesse usá-la, pois você teria muito medo que o Johnny visse a faca.

— Ah, não, doçura, você não sabe – ela disse. – Essa não vai colar. Era a sua faca. Você está esquecendo que você me mostrou as duas quando me contou que aquele homem lá embaixo do seu clube, sr. Burns, as tinha trazido lá de Londres e disse que uma era para você e outra para a sua namorada, para caso você ficasse muito hábil com a sua. Eu ainda tenho a que você me deu.

— Vamos vê-la.

— Deixe-me ver a sua.

— Você sabe muito bem que eu não carrego aquela faca grande comigo por aí.

— Desde quando?

— Eu nunca a carreguei comigo. Está lá no clube.

— Isso é bom. A minha foi para a praia.

— Não estou brincando com você, garota.

— Se você acha que eu estou brincando com você, experimenta. Eu posso colocar minha mão na minha faca neste minuto. E se você continuar me pressionando por isso, sou capaz de pegá-la e enfiar em você.

Ela não soava nem um pouco bêbada.

Chink olhou para ela carrancudo.

— Não me ameace – ele disse.

— Então não me ameace também.

— Se você ainda tem a sua, por que não contou aos tiras sobre a minha? – ele perguntou.

— E deixar o Johnny pegar a que eu tenho e cortar a sua garganta e, quem sabe, a minha também? – ela disse.

– Se você estava tão assustada, por que não se livrou dela? – ele perguntou. – Se você acha que o Johnny irá encontrá-la e que começará a ameaçá-la...

– E correr o risco de você dar com a língua nos dentes e dizer que foi a minha faca que matou o Val? – ela disse. – Ah, não, doçura, não vou abrir um flanco contra mim mesma.

O rosto dele começou a se encher de raiva, mas ele conseguiu manter o controle.

– Tudo bem, então, vamos dizer que não foi a sua faca – ele disse. – Eu sei que foi, mas vamos apenas dizer que não foi...

– Todos juntos agora – ela o interrompeu. – Vamos dizer: lorota.

– Tudo bem, então, vamos dizer que não foi a sua faca – ele disse. – Vamos espremer o Johnny por dez mil. Sei dessa com certeza.

– E o que eu sei com certeza é que você e eu não estivemos bebendo da mesma garrafa – ela disse. – Você na certa andou bebendo extrato de ouro ou *julep* de menta*, pelo jeito como continua falando dos dez mil.

– É melhor você me ouvir, garota – ele disse.

– Não pense que eu não estou ouvindo – ela disse. – O problema é que continuo escutando coisas que não fazem nenhum sentido.

– Eu não estou dizendo que foi sua idéia – ele disse. – Mas você ia fazer isso. Isso é certo. E isso significa apenas uma coisa. Você e o Val tinham alguma coisa contra o Johnny que valia aquela quantia de dinheiro ou então você nunca teria coragem para tentar.

Dulcy riu teatralmente, mas não surtiu o resultado pretendido.

---

* *Julep* de menta é um drinque comum no sul dos Estados Unidos feito de *bourbon*, raspas de gelo, açúcar e menta. (N.T.)

– Você me lembra daquela velha história em que o homem diz para a garota dele "agora vamos nós dois ficar por cima". Está aí algo que eu gostaria de ver... o que eu e o Val temos contra o Johnny que vale dez contos.

– Bem, gata, eu vou lhe dizer – ele disse. – Não é que eu precise saber o que vocês têm contra ele. Eu sei que vocês estão armando alguma e isso basta. Junte isso com a faca, que você alega que ainda possui, mas não está mostrando pra ninguém, e teremos uma acusação de homicídio contra um de vocês. Não sei qual de vocês e de fato não me importo. Se isso não a atinge, não grite. Estou lhe dando a sua chance. Se você não aproveitar, vou falar com o Johnny. Se ele jogar duro, vou ter uma pequena conversa com aqueles dois xerifes do Harlem, o Jones Coveiro e o Ed Caixão. E você sabe o que isso significa. O Johnny pode ser durão, mas ele não é tão durão assim.

Dulcy se levantou e cambaleou até a cristaleira e bebeu dois dedos de conhaque. Tentou ficar de pé, mas se viu cambaleando e deixou-se cair em outra cadeira.

– Escute, Chink, o Johnny já está com problemas suficientes – ela disse. – Se você pressioná-lo só um pouquinho mais agora, ele vai perder o controle e acabar com sua raça, nem que tenha que queimar no inferno por isso.

Ele tentou não parecer impressionado.

– O Johnny tem juízo, gata. Ele pode ter uma bandeja sobre a cabeça, mas não quer queimar mais do que os outros.

– De qualquer forma, o Johnny não tem esse dinheiro – ela disse. – Vocês, negros do Harlem, acham que o Johnny tem um quintal cheio de árvores de dinheiro. Ele não é um homem de números. Tudo que ele tem é aquele joguinho magro.

– Não é tão pouco – Chink disse. – E se ele não tem essa grana, que peça emprestado. Ele tem crédito suficiente com o sindicato. E seja lá o que ele tem, ou não, não vai sobrar nada pra vocês se eu deixar cair a bomba.

Ela cedeu.

– Tudo bem. Me dê dois dias.

– Se você pode conseguir em dois dias, você pode conseguir amanhã – ele disse.

– Tudo bem, amanhã – ela concedeu.

– Me dê metade agora – ele disse.

– Você sabe muito bem que Johnny não tem cinco contos nesta casa – ela disse.

Ele continuou a pressioná-la.

– E quanto a você? Não roubou nada ainda?

Ela olhou firmemente para ele com desprezo.

– Se você não fosse um negro tão desgraçado, eu o apunhalaria no coração por isso – ela disse. – Mas você não vale o esforço.

– Não tente me enganar, gata – ele continuou. – Você tem alguma grana escondida. Você não é do tipo de garota que se arriscaria a ser chutada só com a roupa do corpo.

Ela começou a discutir, mas mudou de idéia.

– Tenho uns setecentos dólares – ela admitiu.

– Beleza, vou levá-los – ele disse.

Ela se levantou e cambaleou até a porta. Ele ficou em pé também, mas ela disse:

– Não venha atrás, negro.

Ele começou a ignorá-la, mas mudou de idéia e sentou novamente.

Alamena ouviu quando ela saiu da cozinha e começou a voltar da sala da frente, mas gritou:

– Nem tente, Meeny.

Após um momento, ela retornou à cozinha com uma mão cheia de verdinhas. Ela botou tudo na mesa e disse:

– Aí, negro, isso é tudo que tenho.

Ele começou a recolher e embolsar o dinheiro, mas a visão da mancha verde na toalha xadrez vermelha e branca nauseou-a e, antes que ele pudesse recolher o dinheiro, ela se inclinou e vomitou em cima de toda a grana.

Ele a agarrou pelos braços e jogou numa cadeira amaldiçoando a má sorte. Então ele levou o dinheiro imundo até a pia e começou a lavá-lo.

De repente, o cachorro entrou estabanadamente na cozinha e começou a latir com fúria para a porta que levava para a entrada de serviço que era no canto da cozinha. Ela se abria para uma alcova pequena que levava para a escada de serviço. O cachorro tinha ouvido o som de uma chave sendo inserida silenciosamente na fechadura.

Alamena veio correndo para a cozinha logo atrás. Seu rosto marrom tinha assumido uma cor cinza pálida.

– Johnny – ela sussurrou, pressionando um dedo contra os lábios.

Chink ficou num estranho tom de amarelo, como uma pessoa que esteve doente por um longo tempo com icterícia. Tentou socar o dinheiro molhado, ainda pingando, no bolso lateral do seu casaco, mas suas mãos estavam tremendo tão violentamente que ele mal podia encontrar o bolso. Então ele adquiriu um ar selvagem, o ar de alguém que pularia pela janela se fosse contido.

Dulcy começou a rir em histeria.

– Quem não tem medo de quem? – ela troçou.

Alamena lançou-lhe um olhar furiosamente assustado, pegou Chink pela mão e levou-o para a porta da frente.

– Pelo amor de Deus, cale a boca – ela sussurrou para Dulcy.

O cachorro continuou latindo, furioso.

Então, de repente, o som de vozes veio da escada do fundo.

Jones Coveiro e Ed Caixão tinham saído das sombras no instante em que Johnny colocou sua chave na fechadura.

Na cozinha, eles ouviram Jones Coveiro dizendo:

– Só um minuto, Johnny. Nós gostaríamos de fazer a você e a sua patroa algumas perguntas.

– Você não precisa gritar comigo – Johnny disse. – Eu não sou surdo.

– Ossos do ofício – disse Coveiro. – Tiras falam mais alto que apostadores.

– Claro. Vocês têm um mandado? – perguntou Johnny.

– Para quê? Nós só queremos fazer a você algumas perguntas amigáveis – Coveiro disse.

– Minha mulher está bêbada e ela não está apta a responder nenhuma pergunta, amigável ou não – Johnny disse. – E eu também não.

– Você está começando a ficar meio taludo para essas suas calças, não está, Johnny? – Ed Caixão disse.

– Escutem – Johnny disse. – Não estou tentando ser um figurão, nem jogar duro. Só estou cansado. Muita gente está me pressionando. Eu pago um advogado para falar por mim no tribunal. Se vocês têm um mandado pra mim ou para a Dulcy, então nos levem. Se vocês não têm, então nos deixem.

– Tudo bem, Johnny – disse Ed Caixão. – Hoje foi um dia longo para todo mundo.

– Você está com o seu canhão? – Coveiro perguntou.

– Sim. Quer ver a minha licença? – perguntou Johnny.

– Não, eu sei que você tem uma licença para ele. Só quero dizer para você relaxar, filho – Coveiro disse.

– Claro – Johnny disse.

Enquanto eles estavam falando, Alamena deixou Chink sair pela porta da frente.

Chink tinha chamado o elevador e estava esperando que ele chegasse, quando Johnny entrou na cozinha de seu apartamento.

Alamena lavava a toalha da mesa. O cachorro estava latindo. Dulcy ainda estava rindo histericamente.

— Por que estou rindo? Não esperava ver você, paizinho — Dulcy disse em uma voz turvada pela bebida. — Eu pensei que você fosse o lixeiro, vindo por aí.

— Ela está bêbada — Alamena disse rapidamente.

— Por que você não a colocou na cama? — perguntou Johnny.

— Ela não queria ir para a cama.

— Ninguém põe a Dulcy na cama, quando ela não quer ir pra cama — disse a bêbada.

O cachorro continuava latindo.

— Ela vomitou na toalha de mesa — Alamena disse.

— Vá pra casa — Johnny disse. — E leve esse cãozinho barulhento com você.

— Venha, Spookie — Alamena disse.

Johnny pegou Dulcy em seus braços e carregou-a até o quarto.

Lá fora, no corredor, Coveiro e Ed Caixão juntaram-se a Chink à porta do elevador.

— Você está tremendo — observou Coveiro.

— E suando também — acrescentou Ed Caixão.

— Eu só tive um calafrio — Chink disse.

— Com certeza — Coveiro disse. — Esse é o caminho para ficar permanentemente com calafrios, brincar com a esposa de outro homem e, ainda por cima, em sua própria casa.

— Eu estava apenas cuidando dos meus próprios negócios — Chink disse, tentando argumentar. — Por que vocês tiras não tentam fazer o mesmo numa hora destas?

— Esse é o modo como você nos agradece por termos livrado a sua cara? — perguntou o Coveiro. — Nós o seguramos até você ter tempo para escapar.

— Não fale com esse filho-da-puta — Ed Caixão disse duramente. — Se ele disser mais uma palavra, vou arrancar os dentes dele.

— Não antes que ele fale — Coveiro alertou. — Ele vai precisar dos dentes para se fazer entendido.

O elevador automático parou no andar. Os três entraram.

— O que é isso, uma prisão? — Chink perguntou.

Ed Caixão acertou-o no plexo solar. O Coveiro teve que segurá-lo. Chink saiu do prédio entre os dois detetives, segurando seu estômago como se quisesse garantir que ele não caísse do corpo.

17

Chink estava sentado no banco dentro do ofuscante círculo de luz no Ninho da Pomba, onde o sargento Brody da Central de Homicídios o havia interrogado naquela manhã.

Mas agora ele estava sento interrogado pelos detetives do distrito do Harlem, Jones Coveiro e Ed Caixão Johnson, e não era a mesma coisa.

O suor escorria pelo seu rosto pálido, e seu terno de verão bege estava encharcado a ponto de poder ser torcido. Ele tremia novamente e estava assustado. Ele olhou para o dinheiro empilhado em uma ponta da mesa com seus olhos doentes com vênulas vermelhas aparecendo.

– Eu tenho o direto de ter meu advogado – ele disse.

Coveiro sentou na ponta da mesa em frente a ele e Ed Caixão ficou na sombra atrás dele.

O Coveiro olhou para o seu relógio e disse:

– Passam cinco minutos das duas, e nós temos que ter algumas respostas.

– Mas eu tenho o direito de ter meu advogado – disse Chink em um tom suplicante. – O sargento Brody disse, esta manhã, que eu tinha o direito de ter meu advogado quando eu fosse interrogado.

– Escute, garoto – Ed Caixão disse. – O Brody é homem da homicídios e resolver homicídios é o negócio dele. Ele vai ao ponto seguindo a rotina que a lei manda e, se mais pessoas morrerem enquanto ele está seguindo as regras, o problema é das vítimas. Mas eu e o Coveiro somos dois detetives do distrito do Harlem, que moramos aqui neste bairro e não gostamos de ver ninguém morrer. Pode ser um amigo nosso. Estamos apenas tentando evitar outra morte.

– E não há muito tempo – acrescentou Coveiro.

Chink limpou seu rosto com um lenço molhado.

– Se vocês acham que alguém vai me matar... – ele começou, mas Ed Caixão o interrompeu.

– Eu pessoalmente não daria a mínima se você fosse morto...

– Calma, Ed – Coveiro disse, e então para Chink: – Nós queremos fazer uma pergunta a você. E queremos uma resposta sincera. Você deu a Dulcy a faca que matou o Val, como o reverendo Short disse que você fez?

Chink sufocou uma risada.

– Já falei pra vocês, não sei nada sobre essa faca.

– Porque se você deu a ela a faca – Coveiro continuou falando calmamente – e o Johnny colocou as mãos nela e matou o Val, ele irá matá-la também, se nós não o impedirmos. Isso é certo. E talvez, se nós não o pegarmos logo, ele acabe matando você também.

– Vocês tiras agem como se o Johnny fosse um Dillinger ou um Al Capone preto... – Chink estava dizendo, mas seus dentes batiam tão alto que ele soava como se não estivesse falando coisa com coisa.

Coveiro o interrompeu, ainda usando uma voz em tom suave e persuasivo.

– E agora nós sabemos que você tem algo com a Dulcy, senão ela não teria deixado você entrar na casa do Johnny e assumido o risco de falar com você por 33 minutos, segundo o relógio. E se não era nada tão sério, ela não teria dado a você 730 mangos para mantê-lo de bico calado.

Ele bateu a parte carnuda de seu punho na pilha de dinheiro gosmento, puxou de volta por reflexo e a limpou com seu lenço.

– Dinheiro sujo. Qual de vocês vomitou nele?

Chink tentou enfrentar o olhar fixo dele desafiadoramente, mas não conseguiu. Seu próprio olhar continuava baixando e pousando no grande pé chato do Coveiro.

– Então só existem duas possibilidades – prosseguiu Coveiro. – Ou você deu a faca a ela ou você descobriu o que o Val sabia sobre ela, informação que ele ia usar para fazer com que ela arrancasse os dez contos do Johnny. E nós não achamos que você tenha descoberto o que é desde que falamos com você, porque estamos na sua cola e sabemos que você foi direto do seu quarto para o clube do Johnny e, de lá, foi ver a Dulcy. Então você deve saber da faca.

Ele parou de falar e eles esperaram Chink responder.

Chink não falou.

De repente, sem aviso, Ed Caixão deu um passo à frente saindo das sombras e bateu com a face da mão na nuca de Chink. Isso empurrou Chink para frente, estonteando-o. Ed Caixão agarrou-o por baixo dos braços para evitar que ele caísse de cara no chão.

Coveiro esgueirou-se rapidamente da mesa e algemou os tornozelos de Chink, colocando as braçadeiras apertadas logo acima dos ossos do tornozelo. Então Ed Caixão algemou as mãos de Chink nas suas costas.

Sem dizer uma palavra, eles abriram a porta, levantaram Chink da cadeira e penduraram-no de cabeça para baixo no topo da porta pelos tornozelos algemados, de forma que a parte de cima da porta separasse suas pernas até sua virilha. Suas costas se estendiam sobre a borda de baixo com o ferrolho da fechadura cutucando-o.

Então Coveiro colocou seu calcanhar no sovaco esquerdo de Chink e Ed Caixão fez o mesmo com o direito e eles o puxaram aos poucos para baixo.

Chink pensou nos dez mil dólares que Dulcy ia conseguir para ele naquele dia e tentou agüentar. Quis gritar, mas ele tinha esperado demais. Tudo que saiu foi sua língua e ele não conseguia trazê-la de volta. Ele começou a engasgar e seus olhos começaram a inchar.

– Vamos descê-lo agora – disse Coveiro.

Trouxeram-no para baixo e o colocaram em pé, mas ele não conseguia se firmar. Ele balançou pra frente. Coveiro segurou-o antes que ele atingisse o chão e levantou-o de volta ao banco.

– Tudo bem, fala – Ed Caixão disse. – E é melhor ser franco.

Chink engoliu.

– Tudo bem – ele disse numa voz engasgada. – Eu dei a faca pra ela.

A cara queimada de Ed Caixão contorceu-se de fúria. Chink abaixou-se automaticamente, mas Ed Caixão apenas cerrou e abriu os punhos.

– Quando você deu a faca pra ela? – Coveiro perguntou.

– Foi bem como o padre disse – Chink confessou. – Um dos membros do clube, sr. Burns, trouxe ela de Londres e me deu de presente de Natal e eu dei pra ela.

– Pra quê? – Ed Caixão perguntou.

– Pela piada – Chink disse. – Ela tem tanto medo do Johnny que eu achei que seria uma boa piada.

– Claro – disse Coveiro, amargo. – Teria sido terrivelmente engraçado se você a tivesse encontrado entre suas próprias costelas.

– Não imaginei que ela deixaria que o Johnny encontrasse a faca – Chink disse.

– Como você sabe que ele achou a faca? – Ed Caixão perguntou.

– Nós não temos tempo para adivinhações – Coveiro disse.

Eles removeram as algemas dos pulsos e dos tornozelos de Chink e indiciaram-no por suspeita de assassinato.

Então eles tentaram contatar o tal sr. Burns que ele disse haver lhe dado a faca para verificar a história, mas o funcionário noturno do Clube Universitário disse, em resposta ao telefonema deles, que o sr. Burns estava em algum lugar da Europa.

Eles voltaram ao apartamento de Johnny, tocaram a campainha e martelaram a porta. Ninguém respondeu. Eles tentaram a porta de serviço. Coveiro grudou seu ouvido ao revestimento da porta.

– Quieto como uma cova – ele disse.

– Alguma coisa aconteceu com o cachorro – Ed Caixão falou.

Eles se olharam.

– Se nós entrarmos sem um mandado de busca, será arriscado – Coveiro disse. – Se ele está lá dentro, e ele já a matou, nós vamos ter que matá-lo. E se ele ainda não fez nada a ela e eles estiverem lá dentro em silêncio e nós arrombarmos, será um inferno. Ele é bem capaz de acabar com a nossa raça.

– Eu odeio a idéia do Johnny matar essa mulher e ir em cana por causa de um dedo-duro vagabundo como o Chink – Ed Caixão disse. – Pelo que sabemos, ela mesma pode ter matado o Val. Mas se o Johnny descobre que ela conseguiu a faca com o Chink, a vida dela não vale nada.

– Chink pode estar mentindo – sugeriu Coveiro.

– Se ele está, é melhor ele desaparecer da face da Terra – Ed Caixão disse.

– É melhor nós irmos lá pra frente – Jones Coveiro disse. – Se o Johnny está parado lá dentro com o seu trabuco, nós teremos uma chance melhor naquele corredor reto.

A porta era emoldurada nos dois lados e em cima por pesadas barras de ferro, tornando-a impossível de ser arrombada, e era protegida por três fechaduras Yale* independentes.

Ed Caixão demorou quinze minutos trabalhando com sete chaves mestras antes de conseguir abrir a porta.

Eles permaneceram ladeando a porta com os revólveres em punho, enquanto Coveiro empurrava a porta com o pé. Nenhum som veio do túnel escuro da entrada.

Havia uma corrente na porta que, quando fechada, impedia que a porta abrisse mais do que uma nesga, mas ela não havia sido fechada.

– Sem corrente – Coveiro disse. – Ele não está aqui.

– Não arrisque – alertou Ed Caixão.

– Raios! O Johnny não é nenhum lunático – Coveiro disse e caminhou pela entrada escura. – Sou eu, Coveiro, e Ed Caixão. Se você está aí, Johnny... – ele disse, tateando discretamente a parede em busca do interruptor e depois acendendo a luz.

Seus olhos foram direto para uma tranca presa no lado externo da porta da suíte principal. Estava fechada com um pesado cadeado Yale de metal. Ed Caixão fechou a porta da rua e eles entraram e colaram seus ouvidos à porta do quarto. O único som que vinha de dentro era de um rádio sintonizado em um programa noturno de *swing* que durava a noite toda.

– De qualquer modo, ela não está morta – Coveiro falou. – Ele não iria trancar um cadáver.

– Mas ele está guardando alguma coisa ou está perdendo a cabeça – replicou Ed Caixão.

---

* Fechadura de lingüeta cilíndrica desenvolvida pelo norte-americano Linus Yale. (N.T.)

— Vamos ver o que há no resto da casa — Coveiro sugeriu.

Eles começaram pela sala de estar em frente à fachada e fizeram seu caminho até a cozinha, nos fundos. Nenhum dos quartos havia sido limpo ou arrumado. O vidro quebrado da mesa de bebidas virada estava no tapete da sala de estar.

— Parece que o negócio ficou violento — observou Ed Caixão.

— Talvez ele tenha batido nela — Coveiro admitiu.

Os dois quartos de dormir ficavam em frente à cozinha do outro lado do corredor e eram separados pelo banheiro. Lá, portas se abriam para cada quarto, que podiam ser aferrolhadas pelos dois lados. A porta que levava para o quarto que Val tinha ocupado estava entreaberta, mas a que levava para o quarto principal estava com o ferrolho fechado. Coveiro desaferrolhou-a e eles entraram.

As sombras estavam bem desenhadas e o quarto estava escuro, exceto pelo fraco brilho de luz do dial do rádio.

Ed Caixão acendeu a luz.

Dulcy estava prostrada de lado, com seus joelhos dobrados e suas mãos entre as pernas. Ela tinha chutado as cobertas para fora da cama e seu corpo nu, de tonalidade sépia, tinha um brilho nebuloso de metal. Ela respirava silenciosamente, mas seu rosto estava gorduroso de suor e da saliva que tinha escorrido pelo canto da boca.

— Dormindo como um bebê — Coveiro disse.

— Um bebê bêbado — emendou Ed Caixão.

— Cheira a isso, mesmo — Coveiro admitiu.

Havia uma garrafa de conhaque vazia no tapete ao lado da cama e um copo virado no meio de uma mancha úmida.

Ed Caixão atravessou o quarto até a janela de abertura única que dava para a saída de incêndio e abriu as cortinas. A pesada barra de ferro do lado de fora estava cadeada.

Ele se virou e voltou para a cama.

– Você acha que essa bela adormecida sabe que estava trancada? – ele perguntou.

– Difícil dizer – admitiu Coveiro. – O que você está imaginando?

– Do jeito que eu estou vendo, Johnny está descobrindo alguma, mas ele não sabe o quê – Ed Caixão disse. – Ele está explorando o assunto, tentando descobrir alguma coisa e ele a trancou, para o caso dele descobrir o que está acontecendo.

– Você acha que ele sabe da faca?

– Se ele sabe, está à procura de Chink, pode ter certeza disso – disse Ed Caixão.

– Vamos ver o que ela tem a dizer – Coveiro sugeriu, balançando-a pelo ombro.

Ela acordou e esfregou o rosto à maneira dos bêbados.

– Acorde, irmãzinha – Coveiro disse.

– Vá embora – ela murmurou sem abrir os olhos. – Já dei a você tudo o que eu tinha.

De repente, ela soltou um risinho.

– Tudo, menos você-sabe-o-quê. Nunca vou lhe dar nada disso, negro. É só do Johnny.

Jones Coveiro e Ed Caixão olharam um para o outro.

– Não entendi essa. Mesmo – Coveiro admitiu.

– Talvez nós devêssemos levá-la – Ed Caixão arriscou.

– Nós poderíamos, mas se, mais tarde, ocorrer de o Johnny não ter nada com ela além de um certo ciúme...

– O que você entende por um certo ciúme? – Ed Caixão interrompeu. – Você considera trancar sua mulher no quarto a demonstração de um certo ciúme?

— Para o Johnny é — Coveiro disse. — E se ele voltar e descobrir que nós invadimos a casa e levamos a mulher dele...

— Por suspeita de assassinato — Ed Caixão interrompeu mais uma vez.

— Nem isso iria nos salvar de uma suspensão. Não é como se nós a tivéssemos recolhido na rua. Nós invadimos a casa dela, e não há nenhuma evidência de crime aqui. Precisaríamos de um mandado mesmo que a acusação fosse assassinato.

— Bem, a única coisa a fazer é achá-lo antes que ele ache o que está procurando — Ed Caixão consentiu.

— É, e é melhor nós irmos, porque o tempo está se esgotando — disse Coveiro.

Eles voltaram pelo banheiro, deixando a porta bem aberta, e trancaram a porta da frente apenas com a tranca automática.

Primeiro eles foram à garagem na 155th Street, onde Johnny mantinha seu Cadillac rabo-de-peixe, mas ele não tinha passado por lá. Então eles foram até o clube dele. Estava tudo fechado e escuro.

A seguir, eles começaram a passar pelos cabarés, pelas casas de jogos de dados, espeluncas que não fecham durante a noite. Eles espalharam o boato de que estavam procurando por Chink Charlie.

O *barman* da Pousada Small Paradise disse:

— Não vi o Chink durante toda a noite. Ele deve estar na prisão. Vocês o trancaram por lá?

— Raios, lá é o último lugar em que tiras vão procurar por alguém — Coveiro disse.

— Vamos ver se ele já foi pra casa — Ed Caixão sugeriu por último.

Eles voltaram para o apartamento, tocaram a campainha. Sem receber nenhuma resposta, entraram novamente. Estava do mesmo jeito como eles haviam deixado. Dulcy estava dormindo na mesma posição. A estação de rádio estava dando o prefixo.

Ed Caixão olhou para seu relógio.

– São quatro em ponto – ele disse. – Nada mais a fazer além de encerrar por hoje.

Eles dirigiram de volta para o distrito policial e fizeram seu relatório. O tenente de serviço naquela noite mandou chamá-los e leu o relatório antes de liberá-los.

– Não era melhor nós pegarmos a tal Perry? – ele disse.

– Não sem um mandado – Coveiro respondeu. – Nós não conseguimos verificar a história do Chink Charlie Dawson sobre a faca e, se ele está mentindo, ela pode nos processar.

– Que inferno – o tenente disse. – Você fala como se ela fosse a sra. Vanderbilt.

– Talvez ela não seja a sra. Vanderbilt, mas Johnny Perry tem o seu peso nesta cidade – disse o Coveiro. – E, de qualquer forma, isso está fora da nossa jurisdição.

– Tudo bem, vou dar um jeito para que o pessoal do distrito da 152nd Street coloque alguns homens no prédio para prender o Johnny quando ele aparecer – disse o tenente. – Vocês, companheiros, durmam um pouco. Vocês merecem.

– Alguma coisa de Chicago sobre Valentine Haines? – Coveiro perguntou.

– Nenhuma novidade – respondeu o tenente.

Quando eles deixaram a estação, o céu estava nublado; o ar, quente e abafado.

– Parece que vai chover canivetes – Coveiro disse.
– Deixe chover – disse Ed Caixão.

18

Mamie Pullen estava tomando café-da-manhã quando o telefone tocou. Ela tinha um prato cheio de peixe frito e arroz cozido e estava mergulhando biscoitos quentes numa mistura de manteiga derretida e melaço de tiras de sorgo.

Baby Sis tinha terminado seu café-da-manhã uma hora antes e estava enchendo a xícara de Mamie com um resto de café que fervia no fogão.

– Vá atender o telefone – Mamie disse abruptamente. – Só não fique parada aí feito um pau fincado.

– Parece não vou conseguir dar um jeito em mim esta manhã – disse Baby Sis, enquanto ia da cozinha até o quarto da frente, cruzando a sala de estar.

Quando ela voltou, Mamie estava tomando um café cor de azeviche, quente o suficiente para escaldar uma galinha.

– É o Johnny – ela disse.

Mamie suspendeu a respiração enquanto levantava da mesa.

Ela estava vestida em um quimono vermelho desbotado de flanela e usava os sapatos de trabalho de Big Joe. Na sua cabeça, vestia uma meia feminina de algodão preta amarrada no meio e balançando nas suas costas.

– O que você está fazendo acordado tão cedo? – ela perguntou ao telefone. – Ou você ainda não foi pra cama?

– Estou em Chicago – disse Johnny. – Voei pra cá esta manhã.

O corpo magro e velho de Mamie começou a tremer violentamente por baixo das dobras desleixadas do velho e surrado quimono, e o telefone tremeu em suas mãos enquanto ela se tomava de torpor.

– Confie nela, filho – ela pediu choramingando. – Confie nela. Ela te ama.

– Eu confio nela – disse Johnny na sua voz neutra e sem tom. – Quanta confiança eu devo ter?

– Então, deixe-a em paz, filho – ela implorou. – Você a tem toda para você. Isso não é o suficiente?

– Eu não sei se a tenho ou não só para mim – ele disse. – É isso o que eu quero descobrir.

– Fuçar no passado nunca traz nada de bom – ela avisou.

– Você me diz o que é e eu paro de fuçar – ele disse.

– Dizer o que, filho?

– Seja lá o que for – ele disse. – Se eu soubesse, não estaria aqui.

– O que é que você quer saber?

– Eu só quero saber o que ela pensa que me fará pagar dez contos para ela me contar – ele disse.

– Você entendeu tudo errado, Johnny – ela argumentou gemendo. – Isso é apenas uma mentira da Doll Baby para tentar parecer grandona. Se o Val estivesse vivo, ele diria a você que ela está mentindo.

– Sei. Mas ele não está vivo – Johnny disse. – E eu tenho que descobrir sozinho se ela está ou não está mentindo.

– Mas o Val deve ter contado alguma coisa a você – ela disse, soluçando profundamente, movimentando seu peito velho e magro. – Ele deve ter contado algo ou então... – ela parou e começou a engolir como que para retirar as palavras que já tinha dito.

– Ou então o quê? – ele perguntou em sua voz monocórdica.

Ela continuava engolindo até que finalmente conseguiu dizer:

— Bem, tem que ser alguma coisa importante que justificasse sua ida até Chicago, porque não pode ser apenas por causa do que diz uma cadelinha mentirosa como a Doll Baby.

— Tudo bem, então, e você? – ele perguntou. – Você não andou mentindo. Por que você continua advogando pela causa da Dulcy, se não tem nada pelo que advogar?

— Eu só não quero ver mais problema, filho – ela gemeu. – Eu só não quero ver mais sangue derramado. Seja lá o que for, está acabado e ela é toda sua agora. Nisso você pode acreditar.

— Você não está fazendo nada além de aumentar o mistério – ele disse.

— Nunca houve um mistério – ela argumentou. – Não da parte dela. Não a menos que você tenha criado um.

— Tudo bem. Eu criei um – ele disse. – Vamos deixar assim. Liguei para dizer que a tranquei no quarto...

— Santo Deus do céu! – ela exclamou. – Que bem você acha que isso vai fazer?

— Apenas me escute – ele disse. – A porta está cadeada por fora com uma fechadura Yale. A chave está na prateleira da cozinha. Eu quero que você vá até lá e a deixe sair tempo suficiente para comer algo e então a tranque novamente.

— Deus tenha piedade, filho – ela disse. – Quanto tempo você acha que pode mantê-la fechada assim?

— Até eu desvendar algum desses mistérios – ele disse. – Isso tem que ser antes do dia acabar.

— Não esqueça de uma coisa, filho – ela implorou. – Ela te ama.

— Claro – ele disse e desligou.

Mamie vestiu rapidamente seu vestidão de cetim preto e seus sapatos masculinos, mergulhou rapé no seu lábio inferior e levou a caixa consigo.

O céu estava negro como se houvesse um eclipse do sol, e as luzes da rua ainda estavam queimando. Nenhum grão de poeira nem pedaço de papel se moveu no ar parado. Pessoas caminhavam silenciosamente em câmera lenta, como uma cidade cheia de fantasmas. Cães e gatos se esgueiravam de lata de lixo em lata de lixo como se estivessem com medo que seus passos pudessem ser ouvidos. Antes que ela achasse um táxi vazio, sentiu-se sufocar com o escapamento de vapores que não subiam mais que alguns metros acima da calçada.

– Vai chover cobras e lagartos – disse o motorista de cor.

– Será uma bênção – ela disse.

Ela possuía o seu próprio molho de chaves para o apartamento, mas demorou um longo tempo para entrar, pois Jones Coveiro e Ed Caixão haviam deixado as fechaduras destrancadas e ela as trancou achando que as estava abrindo.

Quando, finalmente, entrou, teve que se sentar por um momento na cozinha para acalmar sua tremedeira. Então ela pegou a chave da prateleira e, do corredor, destrancou a porta do quarto. Notou que a porta do banheiro estava aberta, mas seus pensamentos estavam tão confusos que não conseguiu atribuir significado àquilo.

Dulcy ainda estava dormindo.

Mamie a cobriu com um lençol e levou a garrafa vazia e o copo de volta para a cozinha. Começou a limpar a casa para ocupar sua mente.

Eram dez para meio-dia, e ela escava esfregando o chão da cozinha quando a tempestade desabou. Ela fechou as cortinas, guardou a escova e o balde e começou a rezar.

– Senhor, mostre-lhes o caminho, mostre-lhes a luz, não permita que ele mate ninguém mais.

O som do trovão havia acordado Dulcy e ela cambaleou em direção à cozinha chamando o cachorro com uma voz assustada:

– O Spookie. Aqui, Spookie.

Mamie levantou os olhos da mesa.

– O Spookie não está aqui – ela disse.

Dulcy estremeceu ao vê-la.

– Oh, é você! – ela exclamou. – Onde está o Johnny?

– Ele não te contou? – Mamie perguntou.

– Me contou o quê?

– Ele voou pra Chicago.

Os olhos de Dulcy se arregalaram de terror e seu rosto empalideceu, adquirindo um tom amarelo lamacento. Ela se deixou cair em uma cadeira, mas se levantou no instante seguinte, pegou uma garrafa de conhaque e um copo do armário e tomou um trago forte para acalmar sua tremedeira. Sem resultado. Ela trouxe o copo e a garrafa de volta para a mesa, sentou novamente e se serviu de meio copo, começando a bebê-lo. Então ela notou o olhar de Mamie e colocou o copo na mesa. Sua mão estava tremendo tão violentamente que o copo chocalhou no tampo esmaltado.

– Vá se agasalhar, filha – Mamie disse com compaixão. – Você está tremendo de frio.

– Não é frio – Dulcy negou. – Estou morrendo de medo, tia Mamie.

– Eu também estou, filha – Mamie disse. – Mas ponha algumas roupas de qualquer forma, você não está decentemente vestida.

Dulcy levantou sem responder, foi para o quarto e colocou um robe amarelo de flanela e chinelas que combinavam. Quando retornou, pegou o copo e engoliu o conhaque. Ela se engasgou e sentou, arfando em busca de ar.

Mamie encheu o lábio de rapé.

Elas permaneceram sentadas em silêncio sem olhar uma para a outra.

Então Dulcy serviu outro drinque.

– Não, criança – Mamie lhe implorou. – Beber não vai ajudar em nada.

– Ora, você está com o lábio cheio de rapé – Dulcy acusou.

– Não é a mesma coisa – Mamie disse. – Rapé purifica o sangue.

– A Alamena deve ter levado o cachorrinho com ela – Dulcy disse. – O Spookie, quero dizer.

– O Johnny não disse nada mesmo para você? – Mamie perguntou. O súbito ronco de um trovão a fez tremer e ela balbuciou: – Deus do céu, é o fim do mundo.

– Eu não sei o que ele disse – Dulcy confessou. – Tudo o que eu sei é que ele veio se esgueirando pela porta dos fundos e essa é a última coisa de que me lembro.

– Você estava sozinha? – Mamie perguntou temerosa.

– A Alamena estava aqui – disse Dulcy. – Ela deve ter levado o Spookie com ela.

Então, de repente, ela entendeu o que Mamie quis dizer.

– Meu Deus, tia Mamie, você deve pensar que eu sou uma puta! – ela exclamou.

– Eu só estou tentando descobrir por que ele voou para Chicago tão de repente – Mamie disse.

– Para se certificar de algo sobre mim – disse Dulcy, emborcando sua bebida de modo desafiador. – Pelo que mais? Ele está sempre tentando se certificar a respeito de mim. Isso é tudo que ele sempre faz, só quer ter certeza sobre mim.

Um ribombo de trovão sacudiu as vidraças da janela.

— Meu Deus, eu não consigo suportar toda essa trovoada! – ela gritou pulando em pé. – Eu tenho que ir pra cama.

Ela pegou a garrafa de conhaque e o copo e fugiu para o quarto. Levantando o topo do aparelho de som dois-em-um, ela colocou um disco, deitou-se na cama e se cobriu até os olhos.

Mamie a seguiu depois de um instante e sentou na cadeira ao lado da cama.

A voz lamuriosa de Bessie Smith começou a se derramar dentro do quarto, sobrepujando o som da chuva que batia contra as vidraças.

When it rain five days an' de skies turned dark as night
When it rain five days an' de skies turned dark as night
Then trouble taken place in the lowland that night*

— Você não sabe nem por que ele te trancou? – Mamie perguntou.

Dulcy espichou o braço e baixou o toca-discos.

— Como é? O que foi que você disse? – ela perguntou.

— O Johnny tinha trancado você aqui neste quarto – Mamie disse. – Ele me ligou de Chicago e pediu para eu vir até aqui e deixar você sair. Foi assim que descobri que ele estava em Chicago.

— Isso não é novidade da parte dele – Dulcy disse. – Ele já me acorrentou na cama.

Mamie começou a soluçar silenciosamente para si mesma.

---

* Quando choveu cinco dias e os céus ficaram escuros como a noite/ Quando choveu cinco dias e os céus ficaram escuros como a noite/ Então houve problema na planície naquela noite. (N.T.)

– Filha, o que está acontecendo? – ela perguntou. – O que aconteceu aqui noite passada para ele partir assim?

– Não aconteceu nada além do usual – disse Dulcy, emburrada.

Então, depois de um momento, ela acrescentou:

– Você lembra daquela faca?

– Faca? Que faca? – Mamie empalideceu.

– A faca que matou o Val – Dulcy sussurrou.

Trovões ribombaram e Mamie se sobressaltou. A chuva açoitava as janelas.

– O Chink Charlie me deu uma faca bem como aquela – Dulcy disse.

Mamie suspendeu sua respiração enquanto Dulcy contou a ela sobre as duas facas, uma das quais Chink havia dado a ela e a outra que ele guardara consigo. Então ela respirou tão profundamente de alívio que parecia gemer de novo.

– Graças a Deus. Agora sabemos que foi o Chink quem o matou – ela disse.

– É isso que eu tenho dito o tempo todo. Mas ninguém quer me ouvir.

– Mas você pode provar, filha – Mamie disse. – Tudo o que você tem que fazer é mostrar à polícia sua faca e então eles saberão que foi a faca dele que matou o Val.

– Mas eu não tenho mais a minha – Dulcy disse. – É por isso que estou tão assustada. Eu sempre a mantive escondida na minha gaveta de calcinhas e, há umas duas semanas, aconteceu de ela sumir. E eu estou com medo de perguntar a alguém sobre ela.

O aspecto de Mamie mudou para um cinza queimado e seu rosto encolheu até que a pele ficasse bem esticada contra os ossos. Seus olhos pareciam doentes e abatidos.

– Mas não precisa ser necessariamente o Johnny quem a pegou, não é? – ela perguntou compassivamente.

– Não. Não precisa necessariamente ter sido ele – disse Dulcy. – Mas ninguém mais poderia ter pego a faca além de Alamena. Eu não sei por que ela a pegaria, senão para garantir que o Johnny não a encontrasse. Ou então para ter algo com que me chantagear.

– Você tem uma mulher que vem aqui para limpar? – Mamie perguntou.

– Sim. Ela também poderia pegá-la – Dulcy admitiu.

– Não parece coisa da Meeny – Mamie disse. – Então deve ter sido a empregada. Você me diz quem ela é, filha, e, se ela pegou, eu vou lá tirar dela.

Elas se entreolharam com olhos assustados e esbugalhados.

– Nós estamos nos enganando – Dulcy disse. – Ninguém pegou a faca a não ser o próprio Johnny.

Mamie olhou para ela e as lágrimas rolaram pelas suas bochechas pretas cinzentas.

– Filha, o Johnny tinha algum motivo para matar o Val? – ela perguntou.

– Que motivo ele poderia ter? – contrapôs Dulcy.

– Eu não perguntei que motivo ele poderia ter tido – Mamie disse. – Perguntei por um motivo que ele pudesse ter descoberto.

Dulcy deslizou na cama para dentro das cobertas até que apenas seus olhos estivessem à mostra, mas ainda assim ela não podia encarar o olhar de Mamie. Ela baixou os olhos.

– Ele não tinha nenhum – ela disse. – Ele gostava do Val.

– Me conte a verdade, criança – Mamie insistiu.

– Se ele descobriu alguma coisa – Dulcy sussurrou –, não foi da minha boca.

O disco acabou e Dulcy o colocou para tocar novamente.

– Você pediu ao Johnny que desse a você dez mil dólares para se livrar do Val? – Mamie perguntou.

– Jesus Cristo! Não! – Dulcy estourou. – Aquela puta está mentindo sobre isso!

– Você não está escondendo nada de mim, não é, filha? – Mamie perguntou.

– Eu posso perguntar a mesma coisa – Dulcy disse.

– Sobre o que, filha?

– Como o Johnny poderia ter descoberto, se descobriu, se você não tivesse contado a ele?

– Eu não contei a ele – Mamie disse. – E eu sei que o Big Joe não contou nada, porque ele mesmo só descobriu um pouco antes de morrer. Mesmo que quisesse, ele não teria a chance de contar para quem quer que fosse.

– Alguém deve ter contado ao Johnny – Dulcy disse.

– Então talvez tenha sido o Chink – disse Mamie.

– Não foi o Chink, porque ele não sabe – Dulcy disse. – Tudo o que o Chink sabe é da faca, e ele está tentando me chantagear por dez contos. Ele diz que se eu não pegar a faca para ele, ele vai contar ao Johnny.

Dulcy começou a rir histericamente e continuou.

– Como se fizesse alguma diferença o Johnny saber da outra.

– Pare de rir – Mamie disse com rispidez e se levantou, aplicando-lhe um tapa. – O Johnny vai matá-lo – ela acrescentou.

– Eu espero que ele mate – Dulcy disse com maldade. – Se ele realmente não sabe da outra faca, então isso resolveria tudo.

– Tem que haver alguma outra forma – disse Mamie. – Se o Senhor pudesse apenas nos dar uma luz. Não dá para resolver as coisas simplesmente matando gente.

– Isso se ele já não souber – Dulcy disse.

O disco acabou e ela o colocou para tocar outra vez.

— Pelo amor de Deus, filha, você não pode colocar outra coisa pra tocar? — perguntou Mamie. — Essa música me dá nos nervos.

— Eu gosto — Dulcy disse. — O som do *blues* é triste como eu.

Elas ouviram a voz lamuriosa e o intermitente som dos trovões que vinha de fora.

A tarde ia se esvaindo. Dulcy continuou bebendo e o líquido na garrafa baixava e baixava. Mamie cheirava rapé. Vez ou outra, uma delas falava e a outra respondia sem nenhum entusiasmo.

Ninguém telefonou. Ninguém chamou.

Dulcy repetia aquela gravação e repetia e repetia. Bessie Smith cantava:

Backwater blues done cause me to pack mah things an'go
Backwater blues done cause me to pack mah things an'go
Cause mah house fell down an' I cain' live there no mo*

— Jesus Cristo, como eu queria que ele tivesse vindo pra casa e me matado e acabado com isso, se é isso que ele quer fazer! — Dulcy gritou.

A porta da frente estava destrancada e Johnny entrou no apartamento.

Ele caminhou até o quarto vestindo o mesmo terno verde de seda e a mesma camisa rosa de crepe que ele vestira no clube na noite anterior, mas agora estava amassado e sujo. Sua pistola automática calibre 38 produzia um calombo no bolso direito do seu casaco. Suas mãos

---

* Numa tradução livre, lembrando que *blues* também pode ser tristeza, algo como: *Blues* estagnado me obrigou a fazer as malas e partir/ *Blues* estagnado me obrigou a fazer as malas e partir/ Porque a minha casa caiu e não posso mais viver lá. (N.T.)

estavam vazias. Seus olhos queimavam como fornalhas acesas, mas pareciam cansados, e as veias estavam saltadas como raízes de suas têmporas grisalhas. A cicatriz em sua testa estava inchada, mas firme. Ele precisava se barbear, e os fios cinza em sua barba reluziam alvos contra sua pele escura. Seu rosto estava sem qualquer expressão.

Ele grunhiu enquanto seus olhos absorviam a cena, mas não falou. As duas mulheres observavam-no com olhos aterrorizados, paralisadas, enquanto ele atravessava o quarto e desligava o toca-discos. Então, ele abriu as cortinas e levantou a janela. A tempestade havia parado e o sol da tarde era refletido através das janelas sobre as pás do ventilador.

Finalmente ele veio ao lado da cama, beijou Mamie na testa e disse:

– Obrigado, tia Mamie, você pode ir para casa agora.

Sua voz não tinha emoção nenhuma.

Mamie não se moveu. Seus velhos olhos entristecidos permaneciam aterrorizados enquanto vasculhavam o rosto dele, mas não encontraram nada.

– Não – ela disse. – Vamos resolver isso agora, enquanto eu estou aqui.

– Resolver o quê? – ele disse.

Ela o encarou.

Dulcy disse desafiante:

– Você não vai me beijar?

Johnny olhou para ela como se a estudasse em um microscópio.

– Vamos esperar até que você fique sóbria – ele disse na sua voz sem tom.

– Não faça nada, Johnny, eu imploro de joelhos – Mamie disse.

– Fazer o quê? – Johnny disse sem parar de olhar para Dulcy.

– Pelo amor de Deus, não me olhe como se eu tivesse crucificado Cristo – Dulcy choramingou. – Vá em frente e faça o que for que você quer fazer, apenas pare de me olhar.

– Não quero que você diga que me aproveitei de você enquanto estava bêbada – ele disse. – Vamos esperar até que você fique sóbria.

– Filho, me escuta... – Mamie começou, mas Johnny a cortou.

– Só o que eu quero fazer é dormir – ele disse. – Quanto tempo você acha que eu consigo agüentar sem dormir?

Ele tirou a pistola do bolso, colocou-a sob o travesseiro e começou a despir suas roupas, antes que Mamie tivesse se levantado de sua cadeira.

– Deixe isso na cozinha quando estiver indo embora. – ele disse, dando-lhe a garrafa de conhaque quase vazia e o copo.

Ela os levou sem mais comentários. Ele empilhou as roupas na cadeira que ela havia desocupado. Seus pesados músculos marrons eram tatuados com cicatrizes. Assim que a despiu, ajustou o rádio-relógio para dez em ponto, afastou Dulcy, fazendo-a rolar sobre si mesma, e foi para a cama ao lado dela. Ela tentou acariciá-lo, mas ele a empurrou para longe.

– Tem dez contos em notas de cem no bolso interno do meu casaco – ele disse. – Se é isso que você quer, não esteja aqui amanhã quando eu acordar.

Ele estava dormindo antes que Mamie saísse da casa.

19

Quando Chink entrou no apartamento onde ele dormia, o telefone estava tocando. Ele estava sujo, com a barba por fazer, e seu terno bege de verão dava sinais de que ele havia dormido com ele. Sua pele amarela parecia um sebo pastoso estriado por rugas criadas por pesadelos. Havia duas grandes negras meias-luas abaixo de seus olhos turvos e abatidos.

Seu advogado havia levado todo o dinheiro que ele tinha conseguido de Dulcy para que pudesse sair novamente sob fiança. Ele se sentia como um cão chicoteado, malogrado, murcho e humilhado. Agora que ele estava livre, não estava certo se não teria sido melhor para ele ter permanecido na prisão. Se os tiras não haviam pegado Johnny, ele teria que continuar fugindo; mas, não importava o quanto ele corresse, não havia nenhum lugar no Harlem onde ele pudesse se esconder. Todos ficariam contra ele quando descobrissem que ele tinha se tornado um dedo-duro.

– É para você, Chink – a senhoria o chamou.

Ele foi para a sala onde ela mantinha o telefone com um cadeado no discador.

– Alô – ele disse numa voz maligna, e deu à sua senhoria um olhar maldoso por ter permanecido na sala.

Ela saiu e fechou a porta.

– Sou eu, a Dulcy – disse a voz no telefone.

– Oh! – ele disse, e suas mãos começaram a tremer.

– Eu consegui o dinheiro – ela disse.

– Quê!

Era como se alguém tivesse enfiado uma arma em sua barriga e perguntado se ele queria apostar se ela estava carregada ou não.

– Ele não foi preso? – ele perguntou involuntariamente, antes que pudesse voltar a si.

– Preso? – A voz dela soou subitamente desconfiada. – Por que raios ele estaria preso? A não ser que você tivesse dado com a língua nos dentes quanto à história da faca.

– Você sabe muito bem que eu não dedurei ninguém – ele declarou. – Você acha que eu vou deixar dez contos escapar?

Pensando rápido, ele acrescentou:

– É que eu não o vi por aí o dia todo.

– Ele foi para Chicago conferir a minha história e a do Val – ela disse.

– Então, como foi que você conseguiu os dez contos? – ele quis saber.

– Isso não é da sua conta – ela disse.

Ele suspeitou de uma armadilha, mas o pensamento de colocar as mãos em dez mil dólares o encheu com uma ganância imprudente. Ele teve que se segurar. Sentia como se fosse explodir de exultação. Durante toda a vida quis ser um manda-chuva e agora era a sua chance, se ele jogasse as cartas certas.

– Tudo bem – ele disse. – Eu não dou a mínima para como você conseguiu a grana, se você roubou ou cortou a garganta dele pelas verdinhas. O importante é que você conseguiu.

– Eu consegui – ela disse. – Mas você vai ter que me trazer a sua faca antes que eu te entregue a grana.

– Que porra você pensa que eu sou? – ele disse. – Você me traz o dinheiro aqui e nós vamos conversar sobre a faca.

– Não, você tem que vir aqui em casa pegar o dinheiro e me trazer a faca – ela disse.

– Eu não sou tão maluco, gata – ele disse. – Não é que eu tenha medo do Johnny, mas não sou obrigado a correr um risco louco como esse. É o seu rabinho que está na reta e você vai ter que pagar para tirá-lo.

– Escute, meu bem, não há nenhum risco em vir – ela disse. – Ele não pode voltar antes de amanhã à noite, porque vai levar um dia inteiro para descobrir o que está procurando e, quando voltar, eu também terei que ter sumido daqui.

– Não saquei – Chink disse.

– É porque você é meio lento, meu bem – ela disse. – O que ele vai descobrir é a razão que fez com que Val aparecesse morto.

Subitamente, Chink começou a entender.

– Então foi você...

Ela o interrompeu:

– Que diferença isso faz agora? Eu tenho que estar com o pé na estrada quando ele voltar, isso é certo. Só quero deixar uma lembrancinha pra ele.

Uma expressão de triunfo iluminou o rosto de Chink.

– Você quer dizer que me quer aí, na própria casa dele?

– Na própria cama dele – ela disse. – O filho-da-puta sempre suspeitou que eu o traía, quando, na verdade, eu não o traía. Agora vou dar uma lição nele.

Chink soltou uma risada baixa e perversa.

– Você e eu, gata, nós vamos dar uma lição nele juntos.

– Bem, então se apresse – ela disse.

– Me dê meia hora – ele disse.

Ela tinha desconectado a extensão do quarto e estava falando da extensão da cozinha. Quando ela desligou, disse para si mesma:

– Você pediu por isso.

Dulcy estava olhando pelo olho mágico e abriu a porta antes que ele tocasse a campainha. Ela vestia um robe sem nada por baixo.

– Entre, doçura – ela disse. – O lugar é nosso.

– Eu sabia que ainda iria ter você – ele disse, tentando agarrá-la, mas ela escapuliu habilmente de seus braços e disse:

– Tudo bem então, não me faça esperar.

Ele olhou para dentro da cozinha.

– Se você está com medo, vasculhe a casa – ela disse.

– Quem está com medo? – ele disse beligerante.

O quarto que Val tinha usado era bem em frente à cozinha e ao quarto principal, além do banheiro, ao lado da sala de estar.

Ela começou a levar Chink para o quarto de Val, mas ele foi na frente e olhou a sala de estar, então ele hesitou diante da porta do quarto principal. Dulcy tinha cadeado a porta com a pesada tranca Yale que Johnny tinha usado para trancá-la lá dentro.

– O que tem lá dentro? – Chink perguntou.

– Este era o quarto do Val – Dulcy disse.

– E por que está trancado? – ele quis saber.

– A polícia o trancou – ela disse. – Se você quer abrir, vá em frente e derrube a porta.

Ele riu, então olhou dentro do banheiro. A água estava correndo na banheira.

– Vou tomar um banho primeiro – ela disse. – Você se importa?

Ele continuava rindo para si mesmo com uma certa alegria maluca.

– Você é uma puta mesmo – ele disse, agarrando-a pelos braços e a empurrando para o quarto de Val, de costas viradas para a cama. – Eu sabia que você era uma puta, mas não tinha idéia de quanto.

Ele começou a beijá-la.

– Me deixe tomar um banho primeiro – ela disse. – Estou fedendo.

Ele riu jubilosamente, como se rindo para si mesmo de sua própria piada interior.

– Uma verdadeira puta de ouro maciço – ele disse como se falasse sozinho. Então, subitamente, ele sentou-se ereto. – Onde está o dinheiro?

– Onde está a faca? – ela contrapôs.

Ele a tirou do bolso e a segurou na mão.

Ela apontou para um envelope em cima da cômoda.

Ele o pegou, abriu com uma mão enquanto segurava a faca com a outra e espalhou notas de cem dólares pela colcha. Ela delicadamente tirou a faca da mão dele e escorregou-a no bolso de seu robe, mas ele não notou. Ele estava chafurdando seu rosto no dinheiro como um porco na lavagem.

– Afasta a grana e tira a roupa – ela disse.

Ele ficou em pé, rindo sozinho feito um louco, e começou a se despir.

– Eu só vou deixar isso ali e olhar – ele disse.

Ela sentou na cômoda e ficou massageando o rosto com um creme até que ele tivesse terminado de se despir.

Mas em vez de entrar debaixo das cobertas, ele deitou por cima da colcha e continuou pegando e jogando o dinheiro novinho em folha para cima, fazendo com que as notas chovessem sobre seu corpo nu.

– Divirta-se – ela disse, indo para o banheiro.

Ela o ouviu rindo sozinho enquanto ela fechava a porta que dava para o quarto.

Ela rapidamente caminhou através do banheiro, abriu a porta oposta e caminhou para dentro do outro quarto.

Johnny dormia de costas com um braço atravessado por sobre as cobertas e o outro dobrado relaxadamente por sobre seu estômago. Ele roncava de leve.

Ela fechou a porta do banheiro atrás dela, cruzou o quarto sem fazer barrulho e ajustou o rádio-relógio para dali a cinco minutos. Então vestiu apressada um vestido largo sem parar para colocar roupas íntimas, vestiu o robe novamente e voltou para o banheiro.

A água esteve correndo todo o tempo e tinha atingido o ladrão de transbordamento. Ela fechou a torneira, ligou o chuveiro e puxou o tampão da banheira.

Então ela foi rapidamente para o corredor, virou na cozinha, pegou sua bolsa de couro de sela de uma das prateleiras do armário e saiu pela porta de serviço.

Ela estava chorando tanto, enquanto corria escada abaixo, que esbarrou em dois policias brancos uniformizados que subiam. Eles abriram caminho para que ela passasse.

20

O rádio começou com um estrondo.

Alguma grande banda de metais estava tocando um *rock'n'roll*.

Johnny acordou como se tivesse sido mordido por uma cobra, pulou da cama e pegou a pistola embaixo do seu travesseiro.

Então ele percebeu que era apenas o rádio. Ele grunhiu timidamente e notou que Dulcy não estava na cama. Apalpou o bolso interno de seu casaco com sua mão livre sem soltar a arma na mão direita e descobriu que os dez mil dólares haviam sumido.

Tateou o casaco distraidamente na cadeira ao lado da cama onde ele estava, mas sua atenção estava voltada para a cama vazia. A respiração dele tornou-se curta, mas seu rosto estava sem expressão.

– Perdi – ele disse para si mesmo. – Você perdeu essa aposta.

O rádio estava tocando tão alto que ele não ouviu a porta do banheiro abrindo. Ele meramente captou um lampejo de movimento no canto do olho e se virou.

Chink estava pelado no vão da porta com seus olhos dilatados e a boca escancarada.

Eles encararam um ao outro até que o momento se esgotasse.

Subitamente as veias nas têmporas de Johnny saltaram como se ele estivesse prestes a explodir. A cicatriz inchou em sua testa, salientando os tentáculos que se enrugaram, como se quisessem se libertar de sua cabeça. Então um clarão cegante ribombou dentro de seu crânio como se seus miolos tivessem sido dinamitados.

Seu cérebro não guardou memórias das suas ações seguintes.

Ele comprimiu o gatilho do seu 38 automático até que tivesse descarregado todas as suas balas no estômago, nos pulmões, no coração e na cabeça de Chink. Então ele saltou sobre o chão e pisoteou o corpo moribundo ensangüentado de Chink com seus pés descalços até que dois dos dentes de Chink estivessem presos em seu calcanhar caloso. Depois disso, ele se inclinou e, com a coronha de sua arma, bateu na cabeça de Chink até que ela se tornasse uma massa disforme e sangrenta.

Mas ele não sabia que tinha feito isso.

A próxima coisa que ele soube de modo consciente depois de ter avistado Chink foi que ele estava sendo segurado à força por dois tiras brancos uniformizados e que o corpo ensangüentado de Chink estava sob o vão da porta, metade no quarto e metade no banheiro, e o chuveiro jorrava água em uma banheira vazia.

– Me soltem para que eu possa me vestir – ele disse em sua voz monocórdia. – Vocês não podem me levar totalmente pelado.

Os tiras o soltaram e ele começou a se vestir.

– Nós falamos com a central e eles estão mandando uns palhaços da homicídios – um deles disse. – Você quer telefonar pro seu advogado antes que eles cheguem?

– Pra quê? – disse Johnny, sem parar de se vestir.

– Nós ouvimos os tiros e a porta dos fundos estava aberta, então nós entramos – disse o outro tira, meio que pedindo desculpas. – Nós pensamos que talvez fosse nela que você tivesse atirado.

Johnny não respondeu. Ele estava vestido antes que o homem da homicídios chegasse.

Eles o seguraram lá até que o detetive Brody chegasse.

– Bem, você o matou – Brody disse.

– Aí está toda a prova – disse Johnny.

Eles o levaram de volta para o distrito da 116th Street para ser interrogado, porque Jones Coveiro e Ed Caixão estavam no caso e eles trabalhavam a partir desse distrito.

Brody sentou, como antes, atrás da mesa no Ninho de Pomba. Coveiro estava empoleirado na ponta da mesa e Ed Caixão ficava sob a sombra no canto.

Eram 8h37 e havia luz na rua, mas isso não fazia diferença para eles, porque a sala não tinha nenhuma janela.

Johnny estava sentado sob o foco de luz no banquinho no centro da sala, de frente para Brody. A luz vertical criava padrões grotescos na cicatriz em sua testa e nas veias saltadas em suas têmporas, mas o seu grande corpo musculoso estava relaxado e seu rosto estava sem expressão. Ele parecia um homem de cujos ombros tivesse sido retirada uma carga apressiva.

– Por que você simplesmente não me deixa contar o que eu sei – ele disse em sua voz inflexível. – Se você não acreditar, pode me interrogar depois.

– Tudo bem. Desembucha – Brody disse.

– Vamos começar com a faca e esclarecer isso – disse Johnny. – Eu encontrei a faca na gaveta dela numa terça à tarde, um pouco mais de duas semanas atrás. Eu simplesmente achei que ela a tivesse comprado para se proteger de mim. Eu a coloquei no meu bolso e a levei ao clube. Então comecei a pensar sobre isso, e eu ia devolvê-la, mas o Big Joe a viu. Se ela estivesse com tanto medo de mim a ponto de ter uma faca de peleiro escondida na gaveta de suas roupas íntimas, eu ia deixar que ela a tivesse. Mas eu a estava manuseando e o Big Joe disse que gostaria de ter uma faca como aquela e eu dei a faca para ele. Essa foi a última vez que eu vi ou pensei na faca até que vocês a mostraram para mim aqui, naquela mesa, e me disseram que era a faca que tinha sido usada para matar o Val e aquele pregador dissera ter visto quando o Chink a deu para ela.

— Você não sabe o que o Big Joe fez com ela? — Brody perguntou.

— Não, ele nunca disse. Tudo o que ele disse foi que, se ele a carregasse por aí, teria medo de perder o controle algum dia e cortar alguém com ela, e era o tipo de faca que decepria um homem, quando tudo o que você estava tentando fazer era lhe dar um talho.

— Você alguma vez viu outra faca como essa? — Brody perguntou.

— Não exatamente como essa — disse Johnny. — Eu vi facas que se pareciam mais ou menos como essa, mas nenhuma exatamente igual.

Brody pegou a faca na gaveta da mesa como ele havia feito da primeira vez e a empurrou pela mesa.

— É esta a faca?

Johnny se inclinou para frente e a pegou.

— Sim, mas como ela foi parar no corpo do Val, eu não sei dizer.

— Esta não estava enterrada no corpo do Val — disse Brody. — Esta aqui foi achada numa prateleira, no armário da sua cozinha, menos de meia hora atrás.

Então, ele colocou a outra faca idêntica em cima da mesa.

— Esta foi a faca encontrada no corpo do Val.

Johnny olhava de uma faca para outra sem falar.

— O que você diz sobre isso? — Brody perguntou.

— Eu não sei — disse Johnny sem expressão.

— O Big Joe poderia ter deixado a faca na sua casa e em algum momento alguém a ter colocado na prateleira? — Brody perguntou.

— Se ele fez isso, eu não fiquei sabendo — Johnny disse.

— Tudo bem, essa é a sua história — disse Brody. — Vamos voltar ao Val. Quando foi a última vez que você o viu?

— Eram mais ou menos dez minutos depois das quatro, quando eu desci do clube — Johnny disse. — Eu estivera ganhando e os jogadores não queriam que eu saísse, então eu estava atrasado. O Val estava parado no carro esperando por mim.

— Isso não era incomum? — Brody interrompeu.

Johnny olhou para ele.

— Por que ele não subiu até o clube? — Brody perguntou.

— Isso não era nada incomum — Johnny disse. — Ele gostava de ficar parado no meu carro e ligar o rádio. Ele tinha um jogo de chaves, ele e ela também, só para casos de emergência, porque eu nunca o deixava dirigir. E ali ele ficava sentado. Imagino que isso fizesse ele se sentir um figurão. Não sei quanto tempo ele esteve lá. Não lhe perguntei. Ele disse que tinha vindo de uma conversa com o reverendo Short e que tinha algo para me contar. Mas ele estava atrasado e eu estava com medo que o velório começasse antes que nós pudéssemos chegar lá...

— Ele disse que esteve falando com o reverendo Short? — Brody interrompeu novamente. — Naquela hora da noite... ou melhor, da manhã?

— Sim, mas eu não pensei nada sobre isso na hora — Johnny respondeu. — Eu disse a ele para guardar o assunto e me contar mais tarde, mas logo antes de nós chegarmos na Seventh Avenue ele me disse que não estava com vontade de ir ao velório. Ele disse que estava indo embora, que ia pegar o primeiro trem para Chicago e que não sabia para onde iria depois, que era melhor eu ouvir o que ele tinha a dizer porque era importante. Eu parei na esquina e estacionei. Ele disse que tinha estado na igreja do pregador... se é que dá pra chamar aquilo de igreja. Ele o havia encontrado naquela mesma madrugada por volta das duas e tinham tido uma longa conversa. Mas antes que ele conseguisse dizer mais, eu vi um rapaz passando disfarçadamente ao lado dos carros estacionados pela rua e eu sabia que ele ia tentar roubar o saquinho de troco do gerente da loja A&P. Eu disse, "espere um minuto, vamos assistir a essa pequena peça". Havia um tira de cor chamado Harris em pé ao lado do gerente enquanto ele destrancava a porta e lá estava um outro sujeito se inclinando para fora do quarto do Big Joe, assistindo à peça também. O rapaz da rua pegou o troco do assento do carro e partiu, mas o gerente o viu e ele e o tira partiram atrás dele...

Brody o interrompeu:

– Nós já sabemos disso. O que aconteceu depois que o reverendo Short se levantou?

– Eu não sabia que era o pregador até que ele se levantou daquela cesta de pão. – disse Johnny. – A coisa mais engraçada que já vi. Ele levantou e começou a se sacudir como um gato que caiu num monte de merda. Quando me dei conta de quem ele era, imaginei que ele estivesse cheio daquele brandy de cereja e suco de ópio que ele toma, então ele tomou outro gole de sua garrafa e voltou para dentro da casa na ponta dos pés e se sacudindo como um gato molhado. O Val estava rindo também. Ele disse que você não pode ferir um bêbado. Então, de repente, eu pensei em como nós poderíamos dar uma boa risada. Eu disse ao Val para atravessar a rua e deitar na cesta de pão onde o pregador tinha caído e eu iria dar a volta até a espelunca do Hamfat que fica aberta a noite toda e ligar pra Mamie e dizer a ela que havia um homem morto que tinha caído da janela de seu apartamento. A casa do Hamfat era na esquina da 135th Street com a Lenox, e a ligação não teria me tomado mais de cinco minutos. Mas uma garota estava usando o telefone e eu imaginei que pela hora em que eu conseguisse ligar alguém já teria encontrado o Val e a piada teria sido perdida...

– Como você chegou na espelunca do Hamfat? – Brody interrompeu.

– Eu dirigi – disse Johnny. – Eu virei na Seventh Avenue com a 135th Street e atravessei. Eu não sabia que ele tinha sido esfaqueado até que a Mamie me contou no telefone.

– Você viu alguém vindo da casa ou qualquer outra pessoa na rua, quando você dirigiu até a Seventh Avenue? – Brody perguntou.

– Nem sombra.

– Você contou a Mamie quem você era?

– Não, eu tentei disfarçar minha voz. Eu sabia que ela descobriria que era uma piada se ela reconhecesse minha voz.

– Você não acha que ela reconheceu a sua voz? – Brody insistiu.

– Eu acho que não – disse Johnny. – Mas eu não posso afirmar.

– Tudo bem, essa é a sua história – Brody disse. – Agora, por que você foi a Chicago?

– Eu estava tentando descobrir o que o Val queria me contar antes de morrer – admitiu Johnny. – Depois, a Doll Baby veio à minha casa naquela tarde, logo depois do funeral, e disse que o Val ia arrancar dez contos de mim para abrir uma loja de bebidas. Eu queria saber por que motivo eu lhe daria dez mil. Ele nunca teve a oportunidade de me contar e eu tive que descobrir sozinho.

– E descobriu? – Brody perguntou, se inclinando um pouco para frente.

Jones Coveiro inclinou a parte superior do corpo como para ouvir melhor e Ed Caixão deu um passo, saindo das sombras.

– Sim – disse Johnny em sua voz enfadonha. Seu rosto permanecia sem expressão. – Ele era casado com a Dulcy. Eu imaginei que ele ia me pedir os dez mil para que pudesse ir embora. Imaginei que ele fosse levar Doll Baby com ele.

Os três detetives permaneceram em alerta, como se estivessem ouvindo um som que pressagiasse o instante de perigo.

– Você teria dado o dinheiro a ele? – Brody perguntou.

– Não. Caso contrário, vocês teriam descoberto. – Johnny disse.

– Foi idéia dele ou dela? – Brody insistiu.

– Eu não saberia dizer – falou Johnny. – Eu não sou Deus.

– Ela teria feito isso por ele se ele a forçasse, se ele tentasse forçá-la? – Brody continuou.

– Não saberia dizer.

Brody continuou martelando:

– Ela o teria matado?

– Não saberia dizer – Johnny disse.

– O que o Chink Charlie fazia na sua casa? – continuou Brody. – Ele estava chantageando a Dulcy em função da faca?

– Não saberia dizer.

– Dez mil dólares em notas de cem estavam espalhadas em cima da cama no outro quarto – Brody disse. – Ele veio buscar esse dinheiro?

– Eu não saberia dizer por que motivo ele veio – disse Johnny. – Vocês sabem o que ele conseguiu levar.

– Aquele dinheiro era seu? – Brody persistiu.

— Não, era o dinheiro dela — Johnny disse. — Eu consegui a grana pra ela, quando voltei de Chicago. Se tudo o que ela queria de mim eram dez contos, ali estava sua chance. Tudo que ela tinha que fazer era pegar o dinheiro e sumir. Era mais fácil para mim ficar com um débito de dez mil e lhe dar o dinheiro do que ter que matá-la.

— Você tem alguma idéia de onde ela pode ter ido? — Brody perguntou.

— Eu não saberia dizer. Ela tem o carro dela, um Chevy conversível que eu dei para ela de Natal. Ela pode ter ido para qualquer lugar.

— Certo, Johnny, isso é tudo por enquanto — disse Brody. — Nós vamos prendê-lo por assassinato culposo e suspeita de assassinato. Você pode ligar para o seu advogado agora. Talvez ele consiga tirá-lo daqui sob fiança.

— Pra quê? — perguntou Johnny. — Tudo o que eu quero é dormir.

— Você pode dormir melhor em casa — Brody disse. — Ou então num hotel.

— Eu durmo bem numa cela — Johnny disse. — Não é a primeira vez.

Quando os carcereiros já haviam levado Johnny, Brody disse:

— Me parece que ela é a nossa mascote. Matou seu marido pela lei para evitar que perdesse a tetinha em que vinha mamando. Então ela teve que armar uma arapuca e fazer com que seu marido ilegal matasse o Chink Charlie, tentando assim salvar a sua pele da cadeira elétrica.

— E a faca? — Ed Caixão disse.

— Ou ela estava com as duas facas ou, então, ela conseguiu essa com o Chink e a deixou lá quando partiu — Brody disse.

— Mas por que ela deixou a faca lá onde certamente seria encontrada? — Ed Caixão insistiu. — Se ela realmente tinha uma segunda faca, por que não se livrar dela? Assim o Johnny seria pego por matar o Val também. Ele teria que provar que deu a faca para o Big Joe, e o Big Joe está morto. Seria um caso de palavra contra palavra, se não fosse pela segunda faca.

— Talvez o Johnny tenha conseguido a segunda faca e colocou-a lá ele mesmo — Coveiro disse. — Ele é o mais esperto entre eles todos.

— Nós devíamos ter feito como eu disse e tê-la prendido na noite passada — Ed Caixão disse.

— Vamos parar de achar e conjeturar e vamos pegá-la agora — Coveiro disse.

— Certo — disse Brody. — Enquanto isso, eu vou repassar todos os relatórios.

— Não se arrisque desnecessariamente com aqueles imprestáveis — Ed Caixão disse com uma cara séria.

— É — Coveiro emendou com a mesma solenidade. — Não deixe que o peguem de surpresa e o esfaqueiem enquanto você não está olhando.

— Que inferno! — disse Brody enrubescendo. — Vocês, caras, vão estar perseguindo o rabo mais quente do Harlem. Que inveja.

21

Eles encontraram Mamie passando as roupas que Baby Sis havia lavado naquela manhã. Havia vapor na cozinha, oriundo do ferro de engomar que Mamie esquentava no fogão elétrico.

Eles contaram a ela que Dulcy havia partido de casa e que Johnny havia matado Chink e estava na prisão.

Ela se sentou e começou a murmurar:

– Senhor, eu sabia que ia haver mais matança.

– Para onde ela iria, agora que o Chink e o Val estão mortos e Johnny está trancafiado? – Coveiro perguntou.

– Só Deus sabe – ela disse numa voz lamuriosa. – Ela pode ter ido ver o reverendo.

– O reverendo Short! – Coveiro disse numa voz sobressaltada. – Por que ela iria procurá-lo?

Mamie ergueu os olhos com surpresa.

– Por que ela está com sérios problemas e ele é um homem de Deus. A Dulcy, no fundo, é religiosa. Neste momento de penúria, ela pode ter ido em busca de Deus.

Baby Sis riu baixinho. Mamie olhou-a ameaçadoramente.

– Ele é um homem de Deus – Mamie disse. – Só que ele bebe demais daquele veneno e, às vezes, isso o deixa um pouco louco.

– Se ela está lá, vamos torcer para que ele não esteja muito louco – disse Ed Caixão.

Cinco minutos depois eles estavam se esgueirando pela fachada semi-escura do prédio da igreja. O buraco de espingarda na porta do quarto do reverendo Short nos fundos tinha sido fechado por um pedaço de papelão, fechando a luz de dentro, mas o som rouco da voz do reverendo Short podia ser ouvido com clareza. Eles avançaram sorrateiramente e curvaram-se em direção à porta para ouvir.

– Mas, Jesus Cristo, por que você tinha que matá-lo? – eles ouviram com dificuldade uma voz feminina exclamar.

– Você é uma meretriz – eles ouviram o reverendo Short dizer com voz rouca em resposta. – Eu devo salvar vossa alma do inferno. Você é minha. Eu assassinei vosso marido! Agora eu devo vos entregar a Deus.

– Louco de atar – Coveiro disse alto.

Houve um som de súbita correria dentro do quarto.

– Quem está aí? – o reverendo Short crocitou numa voz fina e seca como o aviso de uma cascavel.

– A lei – disse o Coveiro, encostando-se contra a parede ao lado da porta. – Detetives Jones e Johnson. Saia com as mãos para cima.

Antes que ele pudesse terminar de falar, Ed Caixão estava correndo pelo corredor entre os bancos para dar a volta no prédio e cercar as janelas dos fundos.

– Você não pode tê-la – o reverendo crocitou. – Ela pertence a Deus agora.

– Nós não a queremos. Queremos você – Coveiro disse.

– Eu sou um instrumento de Deus – o reverendo disse.

– Eu não duvido disso – disse Coveiro, tentando distraí-lo até que Ed Caixão tivesse tempo para chegar até as janelas dos fundos. – Tudo que nós queremos fazer é garantir que você retorne são e salvo para onde Deus guarda seus instrumentos.

A espingarda estourou lá de dentro sem o alerta sonoro de ser engatilhada e abriu um buraco pelo meio da porta.

– Você não me pegou – Jones Coveiro gritou. – Tente o outro cano.

Houve um som de movimento dentro do quarto e Dulcy gritou. O som de dois tiros de um revolver 38 vindo do pátio nos fundos seguiu-se instantaneamente. Jones Coveiro virou-se sobre os calcanhares de seus grandes pés chatos, acertou a porta com seu ombro esquerdo e atirou-se para dentro do quarto com sua pistola 38 de cano longo e niquelado, engatilhada e pronta na mão direita. O reverendo Short estava atirado com o rosto para baixo, atravessado no assento da cadeira de madeira ao lado da cama, tentando alcançar a espingarda que estava no chão, metade coberta pela mesa. Estava tentando alcançá-la com a mão esquerda. Sua mão direita pendia ao seu lado.

Coveiro se inclinou para frente e acertou-o na nuca com o cano de sua arma, com força apenas suficiente para desmaiá-lo, sem machucá-lo, então se virou para dar atenção a Dulcy, antes que o reverendo Short tivesse rolado e caído no chão.

Ela estava com os braços espichados na cama. Suas mãos e pés atados nas pilastras da cama com cordas de varal. Seu torso e pés estavam nus, mas ela ainda vestia calças de um terno folgado, vermelho e brilhante. O cabo de osso de uma faca estava saindo diretamente da fenda entre seus seios. Ela olhou para Jones Coveiro com seus gigantescos olhos negros atacados pelo terror.

– Estou muito ferida? – ela perguntou num sussurro.

– Duvido – disse Jones Coveiro. Então olhou para ela mais de perto e acrescentou. – Você é bonita demais para se ferir gravemente. Apenas mulheres feias ficam gravemente feridas.

Ed Caixão estava removendo a tela da janela dos fundos. Coveiro atravessou o quarto e levantou a janela e terminou de chutá-la para fora. Ed Caixão pulou para dentro.

Coveiro disse:

— Vamos levar essas beldades para o hospital.

O reverendo Short foi levado para a ala psiquiátrica do Hospital Bellevue, no centro, na First Avenue com a 29th Street. Recebeu uma injeção de paraldeído, e ele estava dócil e racional quando os detetives entraram para concluir o caso. Ele sentou encostado na cama com seu braço direito numa tipóia.

O detetive Brody da Homicídios tinha vindo para o centro com Jones Coveiro e Ed Caixão e ele se sentou ao lado da cama e fez o interrogatório. O escrivão se sentou ao seu lado.

Ed Caixão sentou no outro lado da cama e olhava fixamente o prontuário pendurado na guarda. Coveiro sentava no peitoril da janela e observava os rebocadores roncando para cima e para baixo no East River.

— Apenas umas rápidas perguntinhas, reverendo — Brody disse animadamente. — Primeiro, por que você o matou?

— Deus me ordenou — respondeu o reverendo Short numa voz calma e quieta.

Brody olhou para Ed Caixão, mas Ed Caixão não percebeu. Coveiro continuou a olhar para o rio.

— Nos conte sobre isso — pediu Brody.

— O Big Joe Pullen descobriu que o Val era o marido dela e que eles ainda continuavam vivendo em pecado, enquanto ela deveria estar casada com o Johnny Perry. — O reverendo começou.

— Quando ele descobriu isso? — Brody perguntou.

— Na sua última viagem — disse o reverendo Short tranqüilamente. — Ele ia falar com o Val e lhe dizer para desaparecer, ir até Chicago, conseguir seu divórcio de modo discreto e simplesmente sumir. Mas antes que o Joe Pullen tivesse uma chance de falar com ele, ele morreu. Quando eu vim ajudar a Mamie com os preparativos para o funeral, ela me contou o que o Big Joe havia descoberto e pediu meu conselho espiritual. Eu disse a ela para que deixasse tudo comigo e que eu tomaria conta de tudo. Afinal, eu era conselheiro espiritual tanto dela como do Big Joe, e o Johnny e a Dulcy Perry eram membros da minha igreja também, embora eles nunca fossem aos cultos. Eu telefonei para o Val e disse que queria falar com ele e ele respondeu que não tinha tempo para conversar com pregadores. Então, eu tive que lhe contar sobre o assunto de que queria tratar. Ele disse que viria me ver na minha igreja na noite do velório, e nós marcamos para as duas em ponto. Eu acho que ele estava se preparando para me ferir, mas eu estava preparado e o coloquei nos eixos. Eu disse a ele que daria 24 horas para que ele saísse da cidade e parasse de perturbá-la ou eu contaria tudo ao Johnny. Ele me disse que ia partir. Acreditei que ele estava me dizendo a verdade e então voltei para o velório a fim de amparar a Mamie nas suas últimas horas com os restos mortais do Big Joe. Foi enquanto eu estava lá que Deus me disse para matá-lo.

– Como isso aconteceu, reverendo? – Brody perguntou gentilmente.

O reverendo Short tirou seus óculos, colocou-os de lado e correu sua mão pelo rosto magro e ossudo. Ele colocou os óculos novamente.

– Eu recebo instruções de Deus e não as questiono – ele disse. – Enquanto eu estava em pé na sala onde os restos mortais do Big Joe estavam no caixão, senti uma urgência avassaladora de ir ao quarto da frente. Eu sabia logo de início que Deus estava me mandando em uma missão. Obedeci sem restrições. Fui para o quarto e fechei a porta. Então eu senti uma urgência de olhar entre os pertences do Big Joe...

Ed Caixão virou lentamente sua cabeça para encará-lo. Jones Coveiro desviou seu olhar do East River e também o encarou. O escrivão olhou rapidamente para cima e de novo para baixo.

– Enquanto eu olhava seus pertences, encontrei a faca em sua penteadeira em meio a suas escovas de cabelo, giletes e outras coisas. Deus me disse para pegá-la. E eu peguei. Coloquei-a no meu bolso. Deus me disse para ir à janela e olhar para fora. Eu fui à janela e olhei para fora. Então Deus me fez cair...

– Se bem me recordo, você disse anteriormente que o Chink Charlie o havia empurrado – Brody interrompeu.

– Isso foi o que eu pensei então – disse o reverendo Short em voz baixa. – Mas, desde lá, concluí que foi Deus quem me empurrou. Senti a urgência de cair, mas eu estava me segurando, e Deus teve que me dar um empurrãozinho. Em seguida, Deus colocou a cesta de pão na calçada para amortecer minha queda.

– Antes você disse que foi o Corpo de Cristo – Brody o fez recordar.

– Sim – admitiu o reverendo Short. – Mas desde então eu estive em comunhão com Deus e agora eu sei que era pão. Quando eu saí da cesta de pão e me descobri sem ferimentos, eu soube imediatamente que Deus havia me colocado naquela posição para cumprir minha tarefa, mas eu não sabia ainda qual. Então eu permaneci no corredor do andar de baixo, fora de vista, esperando para que Deus me dissesse o que fazer...

– Você tem certeza que não era apenas para dar uma mijada? – Ed Caixão intrometeu-se.

– Bem, eu fiz isso também – admitiu o reverendo Short. – Tenho uma bexiga fraca.

– Mas que surpresa... – Coveiro disse.

– Deixe-o continuar – disse Brody.

– Enquanto eu estava esperando as instruções divinas, vi Valentine Haines atravessando a rua. Eu sabia imediatamente que Deus queria que eu fizesse alguma coisa com ele. Permaneci fora de vista e observei-o, nas sombras. Então eu o vi caminhar para a cesta de pão e se deitar, como se fosse dormir. Ele tinha se deitado exatamente como faria se estivesse num caixão esperando seu enterro. Eu soube então o que Deus queria que eu fizesse. Desembainhei a faca e a segurei escondida pela manga. Caminhei em sua direção. O Val logo me viu e de imediato disse: "Achei que você tivesse voltado lá para dentro para o velório, reverendo". Eu disse: "Não. Eu estava esperando por você". Ele disse: "Esperando por mim? Por quê?". Eu disse: "Esperando para te matar em nome do Senhor". E então me inclinei e o esfaqueei no coração.

O sargento Brody trocou olhares com os dois detetives de cor.

– Bem, isso encerra tudo. – Ele disse isso e, então, virando-se novamente para o reverendo Short, comentou cinicamente: – Suponho que você irá alegar insanidade.

– Eu não sou insano – disse com serenidade o reverendo Short. – Eu sou sagrado.

– Claro – disse Brody. E se virou para o escrivão. – Consiga uma cópia deste testemunho datilografado para ele assinar assim que for possível.

– Certo – disse o escrivão, fechando seu caderno e saindo do quarto apressadamente.

Brody chamou pelo assistente e, com Jones Coveiro e Ed Caixão, deixou o quarto. Do lado de fora, ele se virou para Coveiro e disse:

— Você estava certo, no final das contas, quando disse que as pessoas no Harlem fazem coisas por razões que ninguém mais no mundo poderia imaginar.

Coveiro grunhiu.

— Você acha que ele é realmente louco? — Brody persistiu.

— Quem sabe? — Coveiro disse.

— Depende do que você quer dizer com louco — Ed Caixão emendou.

— Ele era sexualmente frustrado e morria de desejo por uma mulher casada — Coveiro disse. — Quando você mistura sexo e religião, qualquer um enlouquece.

— Se ele ficar com essa história, ele vai se safar — Brody disse.

— É — disse Ed Caixão amargamente. — E se as cartas tivessem saído um pouquinho diferentes, o Johnny Perry teria se queimado.

Dulcy tinha sido levada ao Hospital Harlem. Seu ferimento era superficial. A facada havia sido barrada pelo seu esterno.

Mas eles a mantinham no hospital, porque ela podia pagar por um quarto.

Ela ligou para Mamie, e Mamie foi vê-la imediatamente. Ela chorou até não poder mais em seu ombro, enquanto contava a história.

— Mas por que você simplesmente não se livrou do Val, filha? — Mamie lhe perguntou. — Por que você não o mandou embora?

— Eu não estava dormindo com ele — Dulcy disse.

— Não fazia nenhuma diferença... ele ainda era seu marido e você o mantinha na casa.

— Eu sentia pena dele, só isso — disse Dulcy. — Ele não valia nada, mas eu sentia pena dele mesmo assim.

— Bem, pelo amor de Deus, filha — Mamie disse. — De qualquer forma, por que você não falou à polícia sobre o Chink ter outra faca em vez de fazer com que Johnny o matasse?

— Eu sei que eu devia ter feito isso — Dulcy confessou. — Mas eu não sabia o que fazer.

— Então, por que você não falou com o Johnny, filha, por que não abriu o coração para ele e perguntou o que fazer? — Ele era o seu homem, filha, o único a quem você poderia recorrer.

— Falar pro Johnny! — Dulcy disse rindo, com uma ponta de histeria. — Imagine eu contar pro Johnny uma história dessas. Pensei que fosse ele mesmo que tivesse matado o Val.

— Ele teria ouvido você — disse Mamie. — Você já deve conhecê-lo suficientemente bem, filha.

— Não era isso, tia Mamie — Dulcy soluçou. — Eu sei que ele teria ouvido, mas ele teria me odiado.

— Pronto, pronto, não chore — disse Mamie, acariciando o cabelo dela. — Está tudo acabado.

— É isso que eu quero dizer — concluiu Dulcy. — Está tudo acabado.

Ela enterrou o rosto entre suas mãos e soluçou perdidamente.

— Eu amo aquele desgraçado — ela disse soluçando. — Mas eu não tenho como provar.

Era uma manhã quente. As crianças da vizinhança estavam brincando na rua. O advogado de Johnny, Ben Williams, tirou-o da prisão sob fiança. A garagem havia mandado um homem até a prisão com o seu Cadillac rabo-de-peixe. Johnny saiu e sentou ao volante, e o homem da garagem sentou no banco de trás. O advogado sentou ao lado de Johnny.

— Vamos fazer com que a acusação de homicídio culposo não proceda — disse o advogado. — Você não tem nada com o que se preocupar.

Johnny deu a partida, engrenou a mudança e o grande conversível arrancou lentamente.

— Não é com isso que eu estou preocupado — ele disse.

— Com o que é, então? — o advogado perguntou.

— Você não conseguiria entender — disse Johnny.

Crianças negras e magrelas, em seus trajes de verão, corriam atrás do grande Cadillac brilhante, tocando-o com respeito e reverência.

— Johnny Perry Rabo-de-Peixe — elas gritavam atrás dele. — Johnny Perry Quatro-Ases.

Ele ergueu sua mão esquerda para cima, numa forma breve de saudação.

— Tente me explicar — pediu o advogado. — Espera-se que eu seja o seu cérebro.

— Como um homem ciumento pode vencer? — perguntou Johnny.

— Confiando em sua sorte — disse o advogado. — Você é que é o jogador, você deveria saber disso.

— Bem, parceiro — disse Johnny. — É melhor que você esteja certo.